오늘도 자리를 내어 줍니다

오늘도 자리를 내어 줍니다

최현주 에세이

LaTTe

차
례

일러두기

* 2016년 9월, 책방 주인이 되었다. 2017년에 고양이 봄이를, 1년 뒤 여름이를 입양했다. 작은 보라색 방이 있던 지하 책방에서 지금의 금리단길 책방으로 2018년 이전하고 겨울이를 만났다. 2022년 본가에 들어가 강아지 뚱이의 산책을 맡고 있다.

* 책 제목은 『 』로, 다큐멘터리명, TV 프로그램명은 < >로, 구독 서비스는 [ ]로 묶었다.

코로나 시대의 책방

다른 사람을 떠올리듯 나는 가끔 나를 떠올린다. 눈을 감으면 책방에 앉아 멍하니 창밖을 바라보고 있는 나의 뒷모습이 보인다. 바보 같은 표정으로 있을까 봐 앞모습을 볼 용기가 없다.

2020년 2월이 되기 전, 그러니까 코로나로 세상이 이 지경이 되기 전에 떠오르는 나의 모습은 이런 슬픈 뒷모습이 아니었다. 삼사 층으로 쌓여 있는 택배 상자를 정리하는 모습이나 새로 입고된 책을 살피거나 사진을 찍고 매대에 진열하는 모습. 책장을 뒤집어엎는 나의 모습. 어쩐지 떠오르는 모습이 전부 일하는 것뿐이라 이것도 이것 나름대로 슬프긴 하지만, 지금보다는 훨씬 더 활기찬 모습의 나였다. 손님을 응대하거나 모임을 진행하는 모습도 있다. 사람을 만나고 있는 나의 모습이다.

코로나 이후에 내가 떠올리는 나는, 아무런 힘이 없다. 처져 있는 어깨가 쓸쓸해 보이고 그런 나를 떠올리는 것만으로도 마음이 아리다.

대구에서 대규모 코로나 확진자가 발생하면서 대구와 가까운 구미도 큰 영향을 받았다. 하루아침에 구미는 유령 도시가 되었다. 거리에 사람도, 차도 없었다. 즐겨 보던 미드 <워킹데드>의 한 장면처럼 밖에 나가면 살아 있는 사람의 냄새를 맡고 좀비들이 달려들 것만 같았다. 어쩌다 사람이라도 마주치면 서로 눈치를 보며 피해 다녔다. 서로가 서로를 의심하고 원망하는 나날들이 이어졌다.

며칠째 매출은 0원이었다. 책방을 하면서 적게 벌어 적게 쓰는 삶에 익숙해져 있었다. 장사하는 사람들의 흔한 레퍼토리인 '이거 팔아서 남는 것도 없어'라는 말을 처음 만든 사람은 아마 책방 주인일지도 모른다. 하지만 적게 버는 것, 다시 말해 돈을 못 버는 것과 돈을 벌 수 없는 것은 달랐다.

텅 빈 거리를 멍하니 바라보며 생각했다. 이번 달 월세는 어떡하지. 작가님들 정산도 해 줘야 하는데. 책방은 계속할 수 있을까? 평소 '출근하기 싫다'와 '퇴근하고 싶다'는 말을 입에 달고 살았고 오픈 시간 지각은 고쳐지지 않는 질긴 습관이었는데, 지금은 찾는 사람도 없는 책방을 오히려 더 정시에 여닫는다. 이대로 망할 순 없었다. 나에게는 먹여 살려야 할 고양이가 두 마리나 있었다(지금은 세 마리다). 무슨 일이 있어도 나는 돈을 벌어야 했다.

책을 사러 올 수 없다면? 내가 찾아가서 팔기로 했다.

구미 전 지역 당일 배송을 약속하고 주문만 해 주시면 당장 달려가겠다고 SNS에 글을 올렸다. 솔직히 주문하는 사람이 있을까 반신반의했는데, 와, 신기하게도 주문이 들어왔다. 원하는 책을 직접 주문하는 분도 있었고, 현재 자신의 마음 상태나 읽고 싶은 장르를 말하며 나에게 책을 추천해 달라고 하는 분도 있었다. 정성껏 책을 고르고 이 책을 추천하는 이유와 내용을 간략하게 적었다. 감사한 마음을 전하는 것도 잊지 않았다. 저녁 시간이 되면 모든 포장을 마치고 가까운 동네부터 배달을 시작했다.

손소독제를 바르고 위생 장갑을 꼈다. 비대면 배달이라 문손잡이에 책을 걸어 놓고 사진을 찍어 주문하신 분께 전송하면 되었다. 그런데 첫 번째 집에 도착하니 문손잡이에 봉투 하나가 걸려 있었다. 짧은 메시지가 적힌 작은 메모와 간식이 들어 있는 봉투였다. 메모에는 '집에만 있어 힘이 들었는데 책을 배달해 줘서 고맙다'고 적혀 있었다. 이런 걸 뜻밖의 선물이라고 하나. 눈물이 나올 뻔한 걸 꾹 참고 두 번째 집으로 출발했다.

그런데 두 번째 집 문손잡이에도 무언가가 걸려 있었다. 내가 좋아하는 방탄소년단 사진과 간식 그리고 고맙다는 메모. 그 뒤로도 배달 가는 곳마다 간식과 응원의 메모가 걸려 있었다. 배달할수록 비워져야 할 자리가 동네 사람들이 보내 준 마음으로 다시 채워졌다. 내가 고마워야 할 일이고 내가 고마운 일인데 사람들은 도리어 나에게 고맙다고 했다. 힘내라고 했다. 나는 '힘내라는 말은 전혀 위로가 되지 않는다'는 말에 동의할 수 없다. 진심으로 꽉 찬 응원의 말 한마디가 얼마나 큰 위로가 되는지 직접 경험했기 때문이다.

 종종 마음에 대해 생각한다. 동네의 작은 책방을 위해 수고롭게 책을 주문하는 마음. 나도 힘들지만 다른 누군가를 위해 나의 한편을 내어 주는 마음. 그런 마음은 어디서부터 올까.

 주문하신 분 중에는 책봄의 오랜 단골도 있었고 지인도 있었지만, 대화 한 번 나눠 본 적 없는 분들도 있었다. 재미있는 이벤트 정도로 생각했을 수도 있고 정말 책을 읽고 싶어 주문했을 수도 있지만, 지역의 작은 책방이 무너지지 않길 바라는 따뜻한 응원의 마음은 같을 거라 생각한다.

 얼마나 많은 사람들의 다정함에 기대어 살아왔는지 잊

고 있었다. 세상은 어차피 혼자라고 소리쳐도 봤지만 함께 이기에 혼자도 괜찮아 보일 수 있었다. 다시 눈을 감고 나를 떠올린다. 여전히 창밖을 멍하게 바라보고 있는 나의 뒷모습이 보인다. 나에게 말해 주고 싶다. 혼자가 아니라고. 모두가 책봄을 응원하고 있다고. 그러니 더는 그렇게 바보 같은 얼굴로 울지 말라고.

누구에게나 착한 식단을 찾아서

그날은 설날이었다.

친척들의 잔소리를 피해 책방에 온 사람들과 함께 다큐멘터리 한 편을 보았다. <착한 식단을 찾아서>. 세계 각국 다양한 사람들의 식생활에 관한 이야기를 다루고 있는 다큐였다.

내용은 간단히 이랬다. 건강을 해치고 기후 변화를 초래하는 육식을 줄이고 채식을 지향하자는 것이었다. 그 시기의 나는 고기를 먹는다는 것에 불편함 비슷한 것을 마음속에 가지고 있었다. 길에서 구조된 고양이 봄이와 함께 살기 시작하면서 동물들의 삶을 비로소 생각하게 되었다. 동물과 함께 지내는 것이 처음은 아니었지만, 그때에는 동물이 그저 귀여움의 대상이었다면 봄이와 함께 지내면서 전과는 다른 마음들이 밀려들었다.

봄이는 처음으로 나 혼자 온전히 책임져야 하는 존재였다. 입맛에 맞는 사료를 찾으려 애쓰고 끼니때마다 밥을 챙겨 주고 똥을 치우고 돌보면서, 또 밤마다 내 발가락을 깨물어 잠을 설치게 하는 모습까지 사랑스러운 봄이를 보면서, 동물은 단순히 귀여움의 대상이 아니라 우리와 함께 살아가는, 우리와 같은 하나의 생명체라는 걸 깨달았다. 그 후로 길고양이들이 눈에 더 자주 띄기 시작했고, 그렇게 시작된 고양이에 관한 관심은 다른 동물들에게까지 확장되었다.

관심을 가지고 들여다보니 그동안 보이지 않던 것들이 점점 선명하게 다가왔다. 우리가 먹기 위해 길러지는 이른바 식용 동물들, 그들이 처한 환경은 인간이 어디까지 잔인할 수 있는지 보여 준다. 식용 동물이라 이름을 붙이는 것이 무자비한 살생에 대한 면죄부를 줄 수 있을까. 어차피 먹기 위해 길러지는 동물이니 그들이 사는 환경은 어떻든지 상관없는 것일까. 그런 환경에서 자란 동물들을 먹는 것이 인간에게는, 인간의 건강에는 괜찮을까. 고기를 섭취하는 것에 대한 의문이 꼬리를 물고 이어졌고 모든 것이 다 이해되지 않았다.

나에게 그 다큐는 생각했던 것보다 충격적이었다. 내가 먹고 소비하는 것이 무엇이고 어디서 오는지 처음으로 곰

곰이 생각해 보게 되었다. 그리고 어렴풋이 알고 있던 것이 무엇이었는지 명확해졌다. 외면했던 현실을 똑바로 바라볼 용기가 내 안에서 생겼다. 다큐를 보고 난 후 앞으로 고기를 먹지 않겠다고 결심했다. 나는 채식주의자가 된 것이다.

채식을 하는 것은 생각보다 많이 쉬웠다. 식구들과 주변 친구들도 지지해 주었다. 아이러니하게도 채식을 하면서 먹는 즐거움을 알게 되었다. 예전에는 배가 고프면 편의점이나 마트에서 간단하게 끼니를 때우곤 했다. 시중에는 저렴한 가격에 배를 든든하게 채울 수 있는 간편식이 넘쳐나니까. 그날의 기분에 따라 골라 먹으면 되었다. 가격이 저렴한 만큼 조금 덜 좋은 재료를 사용했겠지만 매일 먹는 것도 아니니 괜찮다고 생각해 왔다. 사실 어떤 재료를 사용하는지 깊이 생각해 보지도 않았다.

채식을 시작하고 난 후에는 아무거나 사 먹을 수 없었고 자연스럽게 직접 재료를 골라 요리를 시작하게 되었다. 요리를 잘하는 건 아니지만 내가 좋아하는 채소와 그에 어울리는 조리법을 찾아 나가는 과정이 즐거웠다. 닭이 들어가지 않은 닭볶음탕, 돼지고기가 들어가지 않은 김치찜, 우유 대신 두유를 넣은 크림 파스타. 고기 없이도 충분히 맛있고 건강하게 먹을 수 있었다.

미안하게도 나보다는 주변 사람들이 힘들어졌다. 나와 함께 밥을 먹으려면 메뉴 선정부터 한 번 더 신경 써야 했다. 구미엔 제대로 된 채식 식당도 없어서 메뉴는 늘 한정적인데, 음식에 고기나 햄이 들어갈 경우에는 함께 먹는 음식인데도 늘 그것들을 빼 달라고 주문해야 했다. 나 하나 때문에 주위 사람들은 분명히 불편해졌다. 그럼에도 불구하고 아무 불평 없이 나에게 메뉴 선택권을 주고 흔쾌히 함께 밥을 먹는 가족과 친구들에게 항상 고마움을 느낀다.

같이 밥을 먹지 않아도 되는 사이에서는 굳이 비건 지향인임을 밝히지 않는다. 돌아오는 반응이 대부분 무례하기 때문이다. 고기를 먹지 않는다는 말에 놀라며 그럼 뭘 먹느냐고 묻거나 자기는 절대 고기를 끊지 못한다고(끊으라고 한 적도 없는데) 불필요한 정색을 한다.

누군가는 대단하다고 했다. 고기를 먹기로 선택한 사람이 있는 것처럼 나는 먹지 않기로 '선택한 것뿐'이다. 그게 왜 대단하다는 말을 들어야 할까. 아니 왜 그런 반응이 흔한 시대인 걸까. 가지를 먹지 않는 친구가 있다. 물컹물컹한 식감이 싫다고 했다. 아무도 그 친구에게 "가지를 먹지 않는다니, 대단한데!"라고 하지 않는다. 오이 비린내가 싫어 오이를 먹지 않는 친구도 있다. 그 친구에게도 "오이가 얼마나 맛있는데! 먹고 싶은데 참는 거 아니야?"라며 의심하지 않는다.

어떤 사람은 가르쳤다. 채식을 했다가 육식으로 다시 돌아간 사람들의 예를 들며, 채식을 하고 건강이 악화되었다더니, 알고 보니 채식에 맞는 체질이 있다더니, 채식으로 채워지지 않는 영양소가 있으니 가끔은 고기를 먹어야 한다더니…. 내가 무엇을 먹을지, 무엇을 먹지 않을지를 결정하는 일은 오롯이 나의 취향이고 선택인데 이렇다 저렇다 훈수 두느라 바쁜 이들이 있다.

다행히 나는 일 년에 감기 한번 잘 걸리지 않는다. 일주일에 두세 번은 숨이 차도록 운동을 한다. 쉬는 날 없이 매일 책방을 열지만 건강하다.

사람들은 묻는다. 왜 고기를 먹지 않느냐고. 인간이 아닌 다른 생명체에 고통을 가하는 일을 그만하기로 했다고 대답하면 사람들의 얼굴에는 죄책감이 어린다. 이런 경우나도 상대방도 불편하다. 건강 때문에 혹은 알레르기가 있다고 대충 둘러대면 편할지도 모르지만 그게 안 돼서 솔직하게 말한다. 솔직하게 말하고 나서는 상대방의 죄책감을 덜어 주기 위해 열심히 말을 고른다. 묻는 사람은 내기분을 전혀 고려하지 않고 질문하고, 대답하는 나는 상대의 기분이 더는 상하지 않도록 말 한마디에도 신중을 기한다.

　채식주의자가 된 걸 한 번도 후회해 본 적 없다. 오히려 더 일찍 채식을 시작했으면 좋았을걸. 하는 아쉬움은 있다. 모두가 채식주의자가 될 필요는 없다고 말하긴 하지만 사실은 모두 채식주의자가 되었으면 좋겠다. 아무도 고통받지 않고도 맛있게 음식을 먹을 수 있다는 걸 모두가 알았으면 좋겠다. 육식으로 인한 동물과 지구의 고통에 둔감하지 않았으면 좋겠다. 그러나 (아직은) 그들의 고통이 멀게 느껴진다면 나 자신을 위해서, 일주일에 한 번이라도 고기 섭취를 줄여 보면 어떨까? 그냥 가볍게 일단 한 번. 어떤 근사한 시작이 될지도 모르는 '한 번'이라도 말이다.

자리를 내어 주는 일

아파트 엘리베이터에 공문이 하나 붙었다. 이웃 주민에게 피해가 되니 밤 10시 이후에는 어린이들의 놀이터 사용을 금지해 달라는 내용이었다. 여름이었다. 밤늦게까지 이어지는 열대야 때문에 어른도 어린이도 쉽게 잠들지 못하는 뜨거운 계절. 늦은 시간에도 아파트 놀이터에는 더위를 피해 밖으로 나온 사람들로 북적였다.

그런데 이상하다.

놀이터는 애초에 어린이를 위한 공간이다. 어린이를 위한 공간에 어린이 출입 금지라니. 늦은 시간 뛰어노는 어린이들의 목소리보다 술 먹고 거칠게 고성을 지르는 어른들의 목소리가 더 자주 들렸다. 정말 이웃을 배려하길 바란다면 어른과 어린이 모두 늦은 시간엔 놀이터 사용을 자제해 달라고 하는 게 맞았다. 어쩌면 어른에게 더 많이 해당될지도 모르는데 어린이에게만 타인에 대한 배려를 요구하고 있었다. 참 못났다, 우리 어른들.

부끄러운 고백을 하나 할까? 나는 어린이를 환영하는 어른이 아니었다. 어린이들은 제멋대로 만지고, 망가뜨리고, 제자리에 놔두는 법이 없었다. 그럴 것 같았다. 어린이들이 책방에 들어오면 눈을 뗄 수가 없었다. 내가 좋아하는 초를 만지진 않을까. 아 그건 아끼는 팝업북인데 망가뜨리면 어떡하지. 눈으로 어린이의 뒤를 졸졸졸 따라다녔다.

겉으론 어린이가 문제가 아니라 제대로 제지하지 않는 부모가 문제라고 이야기했지만 사실 비난의 화살은 어린이를 향해 있었다. 그것이 약자 혐오의 일종이라는 것을 알았을 땐 얼굴이 화끈거렸다. 실제로 책방에서 말썽을 부리는 어린이들은 별로 없었다. 대부분 눈치를 보고 만지기 전에 먼저 물어보았는데… 난 왜 그랬을까.

돌아보면 기억에 남는 무례한 손님들은 모두 어른이었다. 판매용 책에 읽은 부분을 표시해 두었다가 책방에 올 때마다 이어서 읽던 손님, 책방에 부침개를 싸 와서 손으로 집어 먹으며 책을 고르던 손님, 친구와 함께 와서 기차 시간 될 때까지 여기서 시간을 때우자고 대놓고 말하던 손님….

　웃기게도 몇몇 무례한 손님 때문에 모든 어른 손님을 경계하진 않지만, 몇몇 말썽을 일으킨 어린이 손님 때문에 모든 어린이 손님을 경계하고 있었다. 한 사람, 한 사람, 개인으로 보지 않고 집단으로 보고 있었다. 나도 모르게 내가 가장 되고 싶지 않았던 어른의 얼굴을 하고 있었다.

　즐겨 듣는 팟캐스트에 좋아하는 작가님이 출연했다. 그분이 하신 말씀 중에 기억에 남는 이야기가 있다. 유럽 여행 중 한 식당에서 밥을 먹고 있는데 어린이 손님이 보호자와 함께 들어왔다고 한다. 그러자 식당 안의 모든 사람들이 밝은 웃음으로 어린이를 환대해 주었고 식당에서는 어린이를 위한 음악이 흘러나왔다고 한다. 이야기를 듣는데 뜨끔했다. 보는 사람이 없는데도 얼굴이 빨개졌다. 과거의 나를 만나 정강이를 힘껏 걷어차고 싶었다. 모든 어린이에게 친한 척을 하는 것도 어떤 면에선 차별일 수 있지만 어떤 자리에서든 환영받고 자란 어린이와 자신을 불편한 존재로 인식하고 자란 어린이는 분명히 다를 거라고 생각한다. 어린이들은 다 안다. 어쩌면 이제 와 어린이를 향한 차별과 혐오에 발끈하는 건 떳떳하지 못한 나의 과거를 만회하기 위한 자기 위안의 방법일지도 모른다.

　김현경 작가님의 저서 『사람, 장소, 환대』에서 환대란

자리를 주는 행위라고 말한다. 나는 그동안 환대의 의미를 잘 모르고 있었다. '자리를 내어 주는 일'이라는 말이 오래 마음에 남는다. 그리고 긴 하루의 끝에서 다시 생각한다. 오늘의 나는 우리 사회가 조금 더 어린이에게 자리를 내어 주는 사회가 되기를 바란다. 공공장소에서 말썽을 부리면 안 된다는 걸 아예 들어오지 못하게 막으면서 가르치기보단 그 공간을 이용하는 성숙한 어른의 행동을 보며 몸소 배울 수 있는 기회를 주기를. 조금 말썽을 부렸다 한들 어린이의 서툶을 너그럽게 용서하고 이해할 수 있는 어른이 많아지기를. 조금 더 따뜻한 시선으로 어린이를 마주하는 다정하고 섬세한 어른이 많아지기를 바란다. 우리도 그렇게 자라 왔으니까.

책방 고양이, 최겨울

겨울이 끝나갈 무렵 친구가 집 앞에서 고양이 한 마리를 발견했다. 딱 봐도 집에서 키우던 아이 같았다. 낯선 사람의 손길도 피하지 않고 오히려 다가왔다. 사람 손길에 익숙한 고양이였다.

처음엔 구조할 생각이 없었다. 그런데 다른 고양이가 싸움을 걸어도 전투력 하나 없는 걸 보고 마음을 바꿨다. 구조는 했지만, 친구는 이미 돌보는 고양이가 많아서 한 마리를 더 돌볼 여유가 없었다. 입양처를 찾을 때까지만 내가 책방에서 임시 보호하기로 했다.

친구에게 안겨 책방에 들어온 고양이는 정말 멋졌다. 윤기가 좌르르 흐르는 회색 털에, 우주를 담은 것 같은 눈이 특히 아름다웠다. 가만히 보고 있으면 그 우주 속으로 빨려 들어갈 것만 같았다. 이 멋진 회색 고양이는 만난 지 5

분도 안 되어 내 무릎 위에서 골골송을 부르며 꾹꾹이를 시작했다. 그때 이미 알았는지도 모르겠다. 내가 간택 당했다는 것을.

입양처가 구해지기 전까지 이 고양이를 러시안 블루를 줄여 '러블이'라고 부르기로 했다. 괜히 정성을 들여 이름을 지으면 정이 들까 봐 아무 뜻 없이 무심한 척 이름을 지어 주었다. 만나자마자 러블이와 사랑에 빠졌으면서 우리 집에 이미 두 마리의 고양이가 있다는 걸 생각하지 않을 수 없었다. 첫째와 둘째 합사할 때 고생을 많이 해서 셋째를 들일 자신이 없었고, 혼자서 세 마리는 아무리 생각해도 무리였다. 그런 이유로 입양이 아닌 임보를 결정했다.

러블이의 입양처를 구하는 내용을 SNS에 올렸다. 도도한 외모에 개냥이의 성격을 가진 러블이는 입양 문의가 쏟아졌다. 처음 입양 문의를 하신 분은 고양이를 사랑하는 마음은 컸지만, 너무 바빴다. 러블이가 혼자 있는 시간이 많아질 거 같아 거절하게 되었다. 두 번째로 문의하신 분은 꽤 멀리서 온다고 했다. 러블이를 다른 지역에 보낼 수는 없어 거절했다. 만나진 못해도 가까이에 있었으면 했다 (이게 무슨 마음이람).

마지막으로 문의하신 분은 내가 아는 분의 지인이었다.

이미 고양이도 키우고 있는 데다 사는 지역도 같았다. 모든 조건이 마음에 들었다. 그렇게 3일 만에 러블이의 입양처가 정해졌다. 입양이 결정되고 펑펑 울었다… 정들기 싫어서 이름도 대충 지어 줬는데… 정이 들어 버렸다. 러블이를 보내고 난 후 화장실에 들어가 보니 언제 그랬는지 세면대에 똥이 한 바가지였다. 러블이도 가기 싫어서 그런 거라 생각하고 눈물을 닦으며 세면대를 치웠다.

몇 시간 뒤 입양자분이 보내 주신 한 장의 사진. 사진 속 러블이는 그곳이 원래 자기 집인 것처럼 편안하게 침대에 누워 잠을 자고 있었다. 눈에 우주를 담고 있는 이 멋진 고양이가 잘 지내길 바란 건 맞지만 조금은 천천히 적응해 주길 바라고 있었나 보다. 잘 자고 있는 걸 보니 안심이 되는 동시에 내심 서운했다.

그리고 한 달 뒤 러블이는 파양되어 돌아왔다. 전투력이 없는 줄 알았던 러블이는 알고 보니 파이터였던 것이다. 입양자와 함께 사는 고양이와 만나기만 하면 대차게 싸우는 바람에 합사에 실패했다고 한다.

돌아온 러블이는 기분 탓인지 모르겠지만 의기소침해 있었다. 더 이상 내 눈을 보며 꾹꾹이를 하지 않았고 무릎 위에 번쩍번쩍 뛰어 올라오지도 않았다(오래 가지 않았지만). 다시 입양 보낼 생각을 하지 않은 건 아니었지만 의

기소침해진 러블이를 보니 더 이상 버림받았다는 느낌을 주기 싫었다. 러블이는 나와 함께 책방에서 지내기로 했다. 러블이를 안고 쓰다듬으며 미안하다고, 다시는 다른 곳으로 보내지 않겠다고 약속했다.

겨울이라는 이름을 새로 지어 주었다. 이번엔 정성을 다해, 정을 넘치게 담아.

(* 겨울이는 일 년 정도 책방에서 지냈다.)

고양이와 함께하는 삶

캣맘. 길고양이의 밥을 챙기는 사람을 부르는 말이다. 고양이 엄마라니. 나는 이 말이 참 따뜻해 마음에 든다. 현생에 인간의 엄마가 될 생각은 없지만 고양이 엄마라면 백 번이라도 될 수 있지.

고양이는 내 삶에 한 번 들어오더니 곳곳에서 존재감을 드러내기 시작했다. 정말 어딜 가나 고양이가 보였다. 조깅을 할 때도, 정신없는 책방 출근길에도, 낯선 여행지에서도 고양이들은 어김없이 나타나 나의 발걸음을 멈추게 했다.

몇 년 전 이탈리아로 여행을 갔을 때 일이다. 옛 느낌이 멋스러운 오래된 건물 사이를 걷고 있는데 어느 집 문 앞에 밥그릇과 물그릇이 놓여 있었다. 딱 봐도 고양이를 위한 것이었다. 슬쩍 다가가서 보니 토마토 파스타와 물이 담겨 있었다. 나도 모르게 피식 웃음이 나왔다.

'이 나라는 고양이도 파스타를 먹네.'

이왕이면 사료로 챙겨 주지…라는 현실적인 생각이 든 건 조금 더 시간이 흐른 뒤였다. 여행지에서는 모든 것이 다 좋아 보이는 법이니까.

한 아이를 키우려면 온 마을이 필요하다는 말은 고양이에게도 적용된다. 나는 봄이를, 여름이를, 그리고 겨울이를 혼자 키우고 있지 않다. 고양이를 사랑하는 많은 사람들과 함께 키우고 있다.

봄이를 입양했을 때, 봄이 임보자는 초보 집사인 나를 위해 고양이를 키우는 데 필요한 용품들을 그야말로 바리바리 싸 왔다. 여름이를 입양했을 때도, 겨울이가 책방에 왔을 때도 마찬가지였다. 여름이가 좋아할 만한 장난감을, 겨울이를 위한 간식을, 모두 주변에서 챙겨 주었다. 나 혼자였다면 겨울이를 입양할 용기를 내지 못했을 것이다.

책방 주변엔 길고양이들이 많다. 고양이를 사랑하는 가게들도 많다. 우리 동네 고양이들은 우리 책방에서 한 입, 맞은편 가게에서도 한 입, 저기 옷 가게에서도 한 입, 여기저기 돌아다니며 입맛에 맞는 집을 찾아가 밥을 먹는다. 사랑을 많이 받고 자라서 그런지 사람을 좋아하는 고양이들도 꽤 있다. 동네 사람들이 길고양이를 대하는 방식을 보면 그 동네 인심이 보인다는 말이 있는데, 나는 감사하게도 이렇게 인심이 후한 동네에서 책방을 하고 있다.

책방에 밥을 먹으러 오는 고양이 손님 중에는 옆집 고양이도 있다. 옆집은 원래 카페였는데 일 년도 안 돼서 임대가 붙더니 '깨비당'이라는 점집이 생겼다. 처음엔 괜한 편견에 조금 무섭기도 했다. 고양이를 키운다는 걸 알고 옆집에 대한 호감이 상승한 걸 보니 나는 뼛속까지 집사인가 보다. 깨비당 고양이들은 우리 집 단골손님이 되었다. 옆집 사장님이 밥과 물을 잘 챙겨 줬지만, 우리 집 사료가 마음에 들었는지 자주 놀러 왔다.

그러던 어느 날, 독서모임이 끝나고 뒷정리를 하고 있을 때였다. 밖에서 웅성거리는 소리가 들렸다. 평소와는 다른 싸한 느낌에 하던 일을 멈추고 밖으로 나가 보았다. 옆집 아기 고양이 한 마리가 차도에 누워 있었다. 조금 전만 해도 책방 앞을 왔다 갔다 하며 형제 고양이와 놀고 있었는데 잠깐 사이에 차에 치여 죽어 있었다. 죽은 고양이 주위엔 엄마 고양이와 형제 고양이가 자리를 떠나지 못하고 서성이고 있었다. 그대로 놔두면 2차 사고를 당할 것 같아 옆집 사장님이 오실 때까지 아기 고양이를 인도로 옮겨 놓았다.

죽은 고양이를 보며 참담한 마음이 되었다. 책방 앞은 2차선 도로다. 그나마도 도로 옆에 주정차 된 차가 많아 속도를 내서 달리긴 힘든 곳인데 어쩌다….

옆집 고양이들은 저녁이면 종종 찻길을 왔다 갔다 건너다니곤 했다. 엄마 고양이가 아기 고양이들 찻길 건너는 연습을 시키는 것이라고 했다. 그건 아마 사고가 날까 대비한 것이지, 그것 때문에 사고가 났다고 말할 수는 없을 것이다. 그렇지만 볼 때마다 조마조마했는데 결국 사고가 나고 말았다.

차가 조금만 천천히 달렸어도, 조금만 주위를 살폈어도 죽지는 않았을 텐데. 옆집 사장님이 그냥 가게 안에서만 키웠어도 답답했을지언정 사고는 면했을 텐데. 해 봤자 소용없는 원망만 가득해졌다.

깨비당 아기 고양이는 태어나서 일 년도 채 살지 못하고 고양이 별로 떠났다. 그날 나는 겨울이를 끌어안고 몇 시간을 울었다. 절대로 위험한 상황에 빠뜨리지 않을 거라고, 마지막 순간까지 지켜주겠다고, 함께 오래오래 살자고.

날씨가 추워지고 잘 시간이 되면 봄이와 여름이는 침대 위로 올라와 가장 따뜻한 자리를 찾는다. 몸을 여러 번 뒤척이더니 편한 자세를 찾았나 보다. 봄이는 내 다리 사이에, 여름이는 오른쪽 종아리 옆에 등을 붙이고 잠이 든다. 숨을 쉴 때마다 몸 전체가 오르락내리락하는 걸 보고 있으면 왠지 모를 안도감 같은 게 느껴진다.

나는 너희와 함께라서 행복한데, 너희도 나와 함께라서 행복하니? 대답 대신 몸을 동그랗게 말고 쌔근쌔근 코 고는 소리가 들린다.

고양이와 함께 사는 삶은 인간에게는 더없이 행복이다. 그런데 고양이들도 인간이랑 사는 삶이 행복할까? 아무리 열심히 낚싯대를 흔들어도 반응하지 않던 봄이가 한여름 열어 놓은 문틈으로 들어온 작은 하루살이에 격렬하게 반응할 때, 새로 산 스크래처가 책방 밖 나무 스크래처에 비하면 턱없이 부족해 보일 때, 보호라는 이름으로 고양이답게 살 자유를 빼앗은 건 아닌지 걱정이 된다.

그러다가도 길 위에서 차갑게 식어 있는 고양이를 발견하거나 몸이 아파 보이는 길고양이를 보게 되면 최고의 환경은 아니지만 최소한의 안전은 제공해 주지 않나 하는 얄팍한 위로를 스스로 하고 있는 것이다.

봄이와 여름이가 긴장을 풀고 아무렇게나 잠든 모습을 보며 생각한다. 언젠가 이 세상의 모든 동물이 찻길을 건너는 연습 따위는 안 해도 되는, 인간에게 의존하는 게 아니라 서로 공존하는 세상이 오면 좋겠다고.

봄이 와 여름이가 다시 한번 자세를 고친다. 코 고는 소리가 점점 잦아든다. 지금, 이 순간만큼은 아무 걱정 없는 밤이다.

어느 날 책방 주인이 되었다

하고 싶은 일이 있으면 일단 하고, 후회와 뒷수습은 미래의 나에게 맡겨 둔다. 그래서 일을 시작할 때 거침없는 편이다. 일뿐 아니라 놀 때도 그렇다. 친구들이 가끔 '내일이 없는 것처럼 논다'고 했을 때 칭찬인 줄 알았다. 그만큼 현재에 충실하다는 뜻 아닌가?(아니다.) 아무튼 난 좋게 말하면 추진력이 좋고 나쁘게 말하면 정말 내일이 없다.

책방도 그랬다. 프리랜서 강사로 고정적이지 않은 수입과 일정에 지쳐 갈 때쯤 독립서점이라는 매력적인 공간을 접하게 되었다. 다른 지역에서는 책과 맥주를 함께 파는 '책맥'이 유행했다. 내가 좋아하는 책과 맥주라니. 때마침 친구가 운영하는 카페 건물 지하에 자리가 났고, 월세는 저렴했다. 책방 운영에 관해 아무것도 모른다는 것만 빼면 모든 것이 완벽하게 느껴졌다.

바로 건물주와 계약을 했다. 인테리어에는 최대한 돈을 들이지 않기로 했다. 전문가의 손길이 필요한 몇몇 가지를 제외하고는 친구들의 도움을 받거나 직접 했다. 밤늦게까지 페인트칠을 하고 싸구려 가구들로 공간을 채웠다. 흘린 땀과 들인 시간이 쌓여, 책방으로서 어느 정도 구색을 갖춰 갔지만 제일 중요한 건 책이었다. 독립출판물은 어디에서 입고해야 하지?

막막했다. 그때 부산에서 독립출판 북페어가 열린다는 소식을 듣고 무작정 부산으로 내려갔다. 북페어가 열리는 곳은 행사가 진행되는 곳이라기엔 주변이 너무 조용했다. 여기가 맞나 의심하며 행사장에 들어섰는데… 나는 정말 눈이 휘둥그레졌다!

그곳에선 그들만의 '파티'가 열리고 있었다. 벽에는 형형색색의 포스터와 사진들이 걸려 있어 눈을 뗄 수 없게 하고 작가들은 자기의 창작물을 매대에 진열해 놓고 직접 판매를 하고 있었다. 젊고 들뜬 열기로 행사장이 후끈거렸다. 나만 아는 인디밴드 축제에 온 것 같은 기분! 이 분야는 내가 생각했던 것보다 훨씬 다양하고 개성이 넘쳤다. 아주 넘쳐흘렀다.

행사장을 몇 바퀴 돌다가 나와 결이 맞는 독립출판물을

발견하면 작가님에게 연락처를 받았다.

"안녕하세요. 제가 구미에 독립서점을 열 건데요, 작가님 책을 입고하고 싶어요. 이메일 주소 좀 받을 수 있을까요?"

와우! 용감했다. 독립출판물은 대부분 위탁판매로 거래한다. 책을 먼저 입고하고 팔리면 정산하는 방식이다. 나는 갓 독립출판 세계에 입문한 새내기라 몰랐지만, 그때 당시 독립서점 한 곳이 폐업하며 '잠수'를 타는 일이 있었고 많은 작가님이 책을 돌려받지 못했다고 한다. 새로운 서점에 입고하는 일이 조심스러운 시기였을 것이다. 그런 상황에서 책방을 하고 있는 것도 아니고 곧 시작할 거니 책을 입고해 달라니, 다들 대놓고 말은 못 했어도 아무래도 고민이 많았을 걸 짐작할 수 있다. 그런데 감사하게도 작가님들은 흔쾌히 책을 보내 주셨다.

그때 메일 주소를 받았던 한 작가님과는 지금은 친구가 되었는데, 직접 돌아다니면서 명함을 주고 연락처를 받는 모습이 인상적이었다고 한다. 아무것도 몰랐기 때문에 가능했던 일이다. 그렇게 독립출판물은 직접 발품을 팔고 SNS를 열심히 검색해 메일로 입고 요청을 드렸다.

이제 일반 서적을 입고해야 할 차례였다. 지금은 독립출판물의 비중이 90퍼센트 이상이지만 그때만 해도 구미에서는 도전적인 분야라 일반 서적의 비율과 독립출판물의 비율을 비슷하게 맞추는 게 안전하다고 느꼈다. 하지만 인터넷에 검색을 해 보아도 일반 서적을 어디서 어떻게 주문해야 하는지 정보가 전혀 나오지 않았다. 물어볼 사람도 없었다.

어쩌다 도서 총판 번호를 알게 되어 전화를 걸었더니, 책방 평수를 물어보고는 한 달에 책 100권은 팔 수 있을 거 같으냐고 무시하며 거절했다. 거래가 안 되면 안 되는 거지 무시할 건 뭐람. 어찌어찌 작은 서점과도 거래를 하는 총판을 알게 되어 그곳을 통해 일반 서적을 입고했는데 100권을 입고해도 200권을 입고해도 도무지 책장이 채워지지 않았다. 책장에 책이 그렇게 많이 들어간다는 걸 그때 처음 알았다.

책방에 왔는데 책이 없단 소리는 듣고 싶지 않았다. 실제로 책방 오픈하고 정말 많이 들었던 말 중 하나가 '우리 집보다 책이 없다'는 말이었다. 매일 책을 주문하고 매일 정리를 해도 책장은 여전히 허전해 보였다. 전면 배치 방법과 내가 소장하고 있는 책들, 각종 소품까지 동원해 책장을 채웠다.

2016년 9월. 드디어 나는 책방 주인이 되었다. 오픈 후 손님과 이런 대화를 나눈 적이 있다.

"사장님, 어떻게 구미에서 이런 책방을 하실 생각을 했어요?"

"아 그냥…(웃음으로 회피)."

"출판업계에서 일하셨어요?"

"아니요(프리랜서 영어 강사였어요)."

"문헌정보학과 나오셨어요?"

"아니요(사학과 나왔는데요)."

"……."

사람들은 어떻게 구미에서 이런 책방을 하게 되었는지 궁금해한다. 서점을 운영하게 된 계기도 그렇지만, 구미라는 지역을 선택해 책방을 하는 이유를 참 궁금해했다. 문화 불모지인 구미에서 시민들의 문화생활 다양성에 이바지하고자…가 아니라, '그냥요. 그냥 하고 싶어서요. 어쩌다 보니 타이밍이 맞았어요'가 솔직한 내 대답이다. 드라마틱한 스토리를 기대했다면 실망할지도 모르겠다. 전공도 아니고 관련 분야에서 일해 본 적도 없고 심지어 책방을 하고 싶다는 생각은 태어나서 한 번도 해 본 적이 없는 내가 책방 주인이 되다니. 세상은 참 알 수 없고 그래서 살아 볼 만하다.

아무도 물어보지 않은 책방의 하루

문을 열어 밤새 가라앉아 있던 공기를 내보내고 신선한 공기로 환기한다. 바닥을 쓸고 책장 위 먼지를 털고 나면 좋아하는 음악을 선곡한다. 오늘 날씨에는 아무래도 분위기 있는 재즈가 좋겠다. 따뜻한 커피를 한 잔 내리고 새로 들어온 책 중에서 눈길이 가는 책 한 권을 골라 천천히 읽는다. 매일 아침 책방의 풍경이다…라고 말하고 싶지만, 현실 책방은 이렇게 낭만적이지 않다. 나도 이렇게 책방을 시작하고 싶다. 실상은 택배와의 전쟁, 매일 해도 끝이 보이지 않는 책 정리, 입고 관련 메일 회신, 그리고 모임 진행. 하루는 왜 24시간인 거죠?

출근을 하면 가장 먼저 하는 일은 겨울이와 인사하기다. 밤새 책방에 혼자 있던 겨울이는 내가 출근하면 아주 격하게 반겨 준다. 겨울이가 무릎에서 스스로 내려갈 때까지 꾹꾹이를 받아 주고 열심히 마사지를 해 줘야 한다. 이 시간은 요즘의 내가 가장 좋아하는 시간이다. 겨울이 덕분에 매일 하는 출근이 고되지 않다. 인사가 끝나면 겨울이에게 밥과 물을 주고 겨울이가 식사를 하는 동안 나는 청소를 한다. 겨울이가 밥을 다 먹으면 놀아 달라고 쫓아다니며 조르기 때문에 최대한 빨리 청소를 해야 한다.

겨울이가 밤새 만들어 놓은 맛동산과 감자를 캐고 바닥을 빗자루로 쓱쓱 비질을 한 뒤 나보다 먼저 도착한 택배들을 정리한다. 택배 상자를 뜯을 때마다 상자 안으로 들어가는 겨울이를 꺼내고 테이프와 송장 스티커를 제거한 후 재사용이 가능한 상자와 분리배출 할 상자를 구분한다. 도착한 책은 사진을 찍고 신간 매대 위에 진열해 놓는다. 책방에는 신규 입고와 재입고 시 책을 진열하는 매대가 따로 있는데, 새 책이 입고되면 오래된 순서대로 책장으로 옮긴다. 문제는 판매되는 책보다 입고되는 책이 더 많기 때문에 항상 서가가 부족하다는 것이다. 초인적인 능력을 발휘해 자리를 만든다. 전면 배치는 포기한 지 이미 오래다. 손님이 오면 손님을 응대하고 중간중간 겨울이와 놀아 주는 것도 잊지 않는다.

책 정리가 끝나면 커피를 내린 후 온라인 스토어와 SNS에 책 소개글을 올린다. 밀린 입고 메일에 답장까지

하고 나면 시간은 어느새 4시를 훌쩍 넘긴다. 곧 있으면 다른 회사 택배가 도착한다. 다시 택배 상자를 정리하고 겨울이를 꺼내고 책을 진열한다. 저녁은 5시에서 6시 사이에는 먹어야 한다. 그때를 놓치면 저녁 먹을 시간이 없다. 저녁을 먹고 정리를 하고 나면 책방에서 진행하는 모임 시간이다. 모임까지 끝내고 나면 책방에서의 일과가 마무리된다.

책방의 하루는 너무나도 바쁜데 손님들에게는 여유로워서 좋겠다는 말을 자주 듣는다. 딱히 악의는 없는 말인데 들을 때마다 기분이 이상해진다. 오랜만에 책방에 찾아온 친구가 "너 팔자 좋다. 나도 이런 거나 했으면 좋겠다"라고 했을 때 그동안 풀리지 않던 의문의 답을 찾았다. 그렇구나, 나 지금 팔자가 좋아 보이는구나! 하하. 나에겐 생계가 달린 일인데 사람들에겐 자주, 그저 팔자 좋은 일로 보였던 것이다.

손님들은 나에게 자주 말을 건다. 일방적인 질문일 때도 있고, 원하지 않는 대화일 때도, 가끔은 다 들리는 혼잣말일 때도 있다. 결혼은 했는지, 책방 해서 돈은 얼마나 버는지, 책은 어떻게 입고하는지. 이것들 외에도 일일이 나열할 수 없는, 처음 보는 사이에는 할 수 없는(하면 안 되는) 질문들도 거리낌 없었다. 상대하지 말고 마음 쓰지 말자고 여러 번 다짐했지만 무례함의 반복이 반복될수록 지치고 상처가 되었다. 책방에는 좋은 손님이 훨씬 많이 오지만 이상하게도 무례한 손님들이 더 오래 기억에 남아 내 마음을 괴롭혔다.

책방을 운영한 지 시간이 꽤 지났건만 경우 없는 손님을 상대하는 일은 좀처럼 익숙해지지 않는다. 오늘도 여유롭지 않지만 여유로워 보이는 책방을 위해 부지런히 움직이고 보컬이 없는 재즈와 클래식을 듣는다. 무례한 사람들의 말소리가 아름다운 음악에 묻히길 바라며.

빨주노초파남보

우리 책방 책장은 내가 보기에도 아름답다. 색깔별로 그러데이션 된, 정갈하게 진열되어 있는 책장을 보고 있으면 마음에 평화가 찾아온다.

비슷한 시기에 비슷한 독립출판물이 입고되기 마련인 독립서점에서 책장 진열은 그 서점의 개성을 표현하는 중요한 방법이다. 대형서점의 베스트셀러와는 다르게 작은 책방에는 그 책방만의 베스트셀러가 있다. 신기하게도 다른 독립서점에선 인기가 많은 책이 우리 책방에서는 찾는 사람이 별로 없기도 하고, 우리 책방에서는 입고되는 족족 판매되는 책이 다른 곳에서는 주목받지 못하기도 한다. 그 이유가 책방지기의 큐레이션에 있다고 본다.

책방을 운영하면서 꼭 지키는 원칙 같은 것이 있다면 책을 차별하지 않고 입고하는 것이다. 우리 책방은 입고를 원하는 거의 모든 독립출판물을 입고하고 있다. 처음에는 고민이 많았다. 책봄지기인 나의 취향을 반영한 책만 입고할 것인가, 손님들이 독립출판물을 직접 보고 구매할 수 있도록 다양한 책을 입고할 것인가, 사이에서 쉬이 결정을 내리지 못했다. 나의 취향반을 고집하기엔 구미에는 독립서점이 너무 '책봄' 하나였다. 오랜 고민 끝에 취향을 얼마간 포기하고 다양성을 선택했고 물론 그렇게 하길 정말 잘했다. 가만히 앉아 입고된 독립출판물을 하나하나 읽어보면 취향이 아니라고 생각했던 책들도 그렇게 좋을 수가 없다. 감사하게도, 나에게도 새로운 세계를 만나는 기회가 된다.

입고되는 모든 도서는 처음엔 메인 매대에 진열되어 있다가 새로운 도서가 입고되면 오래된 순서대로 색깔별로 진열된 아름다운 책장에 놓인다. 사실 이 아름다운 책장에는 그다지 아름답지 않은 사연이 숨어 있다.

처음부터 그러데이션 콘셉트로 책을 진열해 놓았던 건 아니었다. 책방을 처음 시작했을 때는 소설, 에세이, 시, 그림책 등 장르에 따라 칸을 구별하여 진열해 놓았다. 그런데 점점 입고되는 책이 다양해질수록 장르의 구별이 모호해졌다. 그림책이라고 하기엔 글이 많고 에세이라 하기엔 그림이 많은 책들, 시와 에세이가 같이 있는 책들은 어디에 분류를 해야 할지 헷갈렸다. 지금 생각하면 크게 중요하지 않은 일인데 초보 책방 주인에게는 아주 중차대한 일이었다.

그때도 신규 입고된 책을 진열하는 매대는 따로 있었다. 지금과 같이 입고된 책은 메인 매대에 진열 후 입고 순으로 장르를 구분하여 책장에 진열했었다.

어느 날 모녀로 보이는 분들이 지하 책방에 들어오셨다. 잠깐 책을 살펴보더니, 딸로 보이는 손님이 내게 불쑥 말을 걸었다.

"제가 여기에 책을 입고했는데요, 제 책은 어디에 있나요?"

자신이 누구인지, 책 제목이 무엇인지 설명도 없었다. 다짜고짜 책이 어디 있냐고 물어보셔서 당황스러웠다.

"작가님, 성함이랑 책 제목 좀 알려 주시겠어요?"

그런데 하필! 그 책은 신규 입고 매대 위에 올려져 있다가 며칠 전에 책장으로 이동한 책이었다. 그것도 책장 제일 밑에서 두 번째 칸에. 일부러 그랬던 건 아니고 장르를 뭐로 해야 할지 몰라 임시로 빈칸에 넣어 두었던 것이다.

이런 경우는 종종 있다. 며칠 전까지 메인 매대에 진열되었던 책을 책장에 옮겨 놓고 나면 작가님이 방문하는 것이다! 며칠만 일찍 오시지! 자기의 책이 잘 보이는 곳에 진열되어 있어야 기분이 좋은 건 당연한 일이다. 나도 우리 책방의 모든 책이 대우받고 있다는 느낌을 주고 싶다. 그러나 공간의 제약으로 어쩔 수 없이 조금 덜 보이는 곳에 자리 잡을 수밖에 없는 책들이 생긴다.

아무튼 이런저런 이유로 민망해하고 있는데 작가님의 어머니께서 말씀하셨다.

"이런 데 책이 있으면 잘 안 보여서 팔리지도 않겠다."

잘못 들은 줄 알았다. 어쩐지 기분이 상했다. 그 이후는 잘 기억이 나지 않는다. 몇 마디 더 나눴던가. 인사는 제대로 했던가. 불평하던 목소리만이 귓가에 맴돌았던 어지러운 기억으로 남아 있다.

그 후로 책의 진열에 관해 많이 고민했다. 지금은 친구의 추천으로 책을 장르 구별 없이 색깔별로 진열하고 주기적으로 색의 위치를 바꾸고 있다. 노랑, 파랑, 초록색의 책이 몇 달간 책장의 위쪽을 차지했다면 다음에는 다른 색의 책들을 위쪽으로 옮기는 식이다. 그렇게 하면 모든 책을 공평하게 진열할 수 있다. 결과적으로는 나도 마음에 들고 손님들도 좋아해 줘서 대만족 중이다.

우리 책방은 '색깔별로 진열하기'가 기본이지만 환경, 동물, 페미니즘, 그리고 꾸준히 창작물을 발행하는 작은 출판사의 책들은 섹션을 구분해 큐레이션 해 놓았다. 나도 사람인지라 좋아하는 작가님의 책이 입고되거나, 관심 분야의 책이 입고되면 소개글에 한마디라도 덧붙이고 싶은 유혹에 빠진다. 더 잘 소개하고 싶은 마음이 든다. 그래서 책을 입고할 때도 차별하지 않지만 입고된 책도 차별하지 않는다는 원칙을 세웠다. 개인적인 취향에 치우쳐 어느 한 책만 편애하지 않기. 입고된 책을 소개할 때는 나의 의견을 덧붙이지 않고 작가님이나 출판사에서 보내 준 소개글을 그대로 인용해서 소개하기. 그 대신 소개가 되고 나면 관심 분야를 모아 진열하거나, 책을 읽고 손글씨로 필사해서 SNS에 올리는 방법으로 나의 취향을 표현한다.

다른 책방도 각자의 방식으로 좋아하는 책을 홍보하고 응원한다. 언뜻 보면 비슷해 보이지만 들여다보면 사소한 것 하나하나까지 모두 다른 동네 책방들, 정말 매력적이다. 책방도 오래 볼수록 아름답다.

이제 집에서 가까운 동네 책방으로 가 보자. 우리 동네 책방에는 어떤 책들이 진열되어 있는지 약간의 기대와 약간의 애정을 담은 눈으로 천천히 살펴보자. 여러 책을 조금씩 조금씩 시식하듯 맛보는 그 시간을 잠시 누려 보자. 마음에 드는 책이 있다면 한 권 구매해 보는 것도 좋을 것이다. 책을 소유하는 경험을 해 보는 것이다. 작은 책

한 권으로 나의 세계가 확장되고 보이지 않던 것들이 돌연 보이게 되는 기쁨이 존재한다.

어떤 책을 읽어야 할지 모르겠다면 책방지기에게 추천을 부탁해 보자. 대부분의 책방지기는 책 추천을 기꺼이 즐긴다. 추천받은 책을 읽다 보면 의외의 순간에서 나를 만나고 나의 취향을 발견할 수도 있다. 책방지기의 큐레이션과 나의 취향이 맞는다면 그곳의 단골손님이 될지도 모른다.

이런 경험은 10퍼센트 할인과 5퍼센트 적립과는 비교하기 어려운, 더할 나위 없이 커다란 즐거움일 것이다.

묘연이라는 것

　나의 큰딸, 나의 첫 고양이 봄이를 만나기 전까지 나는 고양이를 가까이서 눈여겨본 적도 없다. 오래전 친구들과 바닷가에 놀러 가서 고양이가 있는 숙소에 묵었던 적이 있다. 그때 그 고양이가 내 손바닥을 핥았는데 혓바닥이 의외로 까끌까끌해서 놀랐던 것…이 고양이에 대한 기억의 전부다.

　봄이는 포항 출신이다. 17년 여름, 지인의 SNS에 고양이 사진 하나가 올라왔다. 까맣고 작고, 코에 춘장을 잔뜩 묻힌 못생긴 고양이가 노란 플라스틱 상자 안에서 있는 힘껏 울고 있었다. 우리 봄이를 처음 본 순간이다. 지금 생각해 보면 우는 게 아니라 짜증을 내고 있었던 것 같다. 봄이 성격으로 보자면 아마 '나를 살려 내,' '밥 내놔,' '날 꺼내라' 정도의 말을 하고 있었을 것이다. 지금도 내가 마음에 들지 않으면 똑같은 표정으로 정말이지 있는 힘껏 불만을 표출한다.

아무튼 이 못생기고 조그만 고양이는 포항의 한 서핑숍 근처에서 발견되었다. 서핑숍 사장님들이 밥을 챙겨 주던 길고양이의 새끼인 것 같은데 엄마는 얼마 전 다리를 절며 나타났다가 며칠 전부터는 아예 보이지 않는다고 했다. 도움이 필요해 보여 지인이 구조를 해서 데려왔고 아기 고양이의 가족을 구하는 게시물을 SNS에 올린 것이다. 사진을 보는 순간 나는 홀린 듯이 댓글을 달았다. 그럴 생각은 아니었는데 머리보다 손이 먼저 움직였다.

'제가 한번 생각해 볼게요.'

정신을 차렸을 땐 이미 전송 버튼이 눌러진 후였다. 고양이를 한 번도 키워 본 적 없는 걸 알고 있는 지인은 입양 전에 임보부터 해 보길 권했는데, 책방에 데려온 고양이를 보자마자,

"제가 키울게요."

이번에도 머리보다 입이 먼저 움직였다. 그렇게 이 작은 고양이는 봄이가 되었고, 고양이에 대해 아무것도 모르는 초보 집사를 만나 강아지처럼 컸다.

새로운 공간과 새로운 집사에 적응할 틈도 없이 봄이는 책방과 집을 왔다 갔다 하며 출퇴근을 함께했다. 손님이

책을 읽고 있으면 책 위에 올라가서 방해도 하고, 책방 모임이 있는 날엔 멤버들 무릎 위에 올라가서 골골송을 부르며 잠을 자기도 했다. 책방에서 밥도 잘 먹고 장난감도 잘 가지고 놀았다. 그랬던 봄이가 어느 순간부터 케이지에 들어가지 않으려고 완강하게 버티며 출근을 거부했다. 봄이도 좋아하는 줄 알았는데….

여름이를 만나게 된 사연도 드라마다. 지인의 SNS에 아기 고양이 사진이 올라왔다. 아파트 지하 주차장에서 자동차 보닛에 갇혀 울고 있는 아기 고양이를 자기의 사촌 동생이 발견하고 구조했다고 한다. 사정상 지인이 임보를 하며 가족을 찾고 있었다.

지인은 이 고양이에게 몬뽀라는 임시 이름을 지어 줬는데 '몬생긴 뽀시래기'라는 뜻이다. 진짜 못생겼고 엄청 장난꾸러기였다. 습식 사료에 얼굴을 파묻고 먹는 몬뽀, 자기보다 몸집이 열 배는 큰 언니 오빠 고양이들에게 겁도 없이 달려드는 몬뽀는 사랑 그 자체였다. 몬뽀는 지인의 사랑과 보호 아래 점점 못생김을 씻어 내고 건강도 되찾아 갔다. 이 사랑스러운 고양이를 지켜보며 몇 번이고 연락할까 말까 고민했지만 이미 다른 지인이 돌보는 길고양이의 새끼를 입양하기로 한 상태였다. 그런데 이런 걸 운명이라고 하나. 입양하기로 한 날 거짓말처럼 엄마 고양이와 새끼 고양이들이 전부 사라졌다. 어제까지만 해도 잘 있던 아이들이 오늘 아침 모두 사라졌다는 것이다. 지인은 아무래도 새끼를 다른 데 보내려는 걸 눈치챈 엄마 고양이가 아이들을 데리고 숨었을 것이라고 했다. 그리고 실제로 며칠 뒤 다시 돌아왔다.

이것은 하늘의 계시라고 생각한 나는 몬뽀를 임보하고 있던 지인에게 연락을 했다. 지인의 집에 가서 몬뽀를 본 순간 또 머리보다 입이 먼저 움직였다.

"제가 키울게요."

그렇게 몬뽀는 여름이가 되었다. 아무 고양이한테나 이러는 건 아니니까 오해하지 마시길. 진짜 뭔가 느껴진다니까요. 봄이와 여름이를 보는 순간 내가 나는 못 키워도 애네는 잘 키우고 싶다는 생각이 들었다. 겨울이 역시 입양까지 보냈지만, 다시 만날 거라는 확신 같은 게 있었다.

미신이나 운명 같은 걸 잘 믿지 않지만 묘연이라는 게 있냐고 묻는다면 그렇다고 대답할 수 있을 것 같다. 나를 잘 모르는 사람들은 시즌스가 좋은 집사를 만나 행복하겠다고 말한다. 그러나 나를 잘 아는 친구들은 내가 시즌스를 만나 다행이라고 말한다. 어느 쪽이 맞느냐고 묻는다면 당연히 후자다. 시즌스를 만나 힘들었던 시기를 버틸 수 있었고, 동물과 약자, 환경에 대해서도 조금 더 섬세한 시선을 가질 수 있게 되었다.

　간택을 바라고 있다면 언젠가 다가올 묘연을 기다리며 열심히 캔을 따시길. 어딘가에서 고양이들이 당신을 지켜보며 집사 테스트를 하고 있을지도 모르니까.

고양이를 키우지 말라던 엄마가…

우리 집에서 이런 일이 벌어질 줄 몰랐다. 인터넷에 돌아다니는 짤 중에 '고양이를 키우지 말라던 아빠가…', '강아지를 키우지 말라던 엄마가…'라는 제목으로 올라오는 짤들이 있다. 반려동물을 키우지 말라고 반대하던 엄마 아빠가 오히려 나중에는 반려동물에게 푹 빠져 더욱더 사랑하게 된다는 내용이다. 짤에 등장하는 엄마 아빠, 그리고 동물들이 귀엽고 재미있어서 자주 찾아본다.

그런데 그런 일이 우리 집에도 생길 줄이야! 정말 상상도 못 했다. 20대 이후 여러 지역과 본가가 있는 구미를 왔다 갔다 하며 혼자 살다, 또 부모님과 같이 살기를 반복했다. 구미에 정착하고 나서도 잠시 가족과 함께 살다 오랜 기간을 혼자 독립해서 살았다. 독립해서 사는 동안 처음엔 봄이가, 다음엔 여름이, 그리고 겨울이가 나의 가족이 되었다. 처음 봄이를 데려왔을 땐 부모님께 그 사실을 말하지 않았다.

엄마 아빠는 강아지는 키워 본 적이 있고 지금도 함께 살고 있지만 고양이와 함께 산다는 생각은 해 본 적이 없는 사람들이다. 고양이는 밖에서 사는 동물이라 알고 있다. 밤에 보는 고양이 눈이 무섭다고 하기도 하고 만지면 갑자기 할퀴는 거 아니냐고 겁을 내기도 했다. 본가에 들어가기로 결정된 후 엄마 아빠가 처음 한 말은 "고양이 셋도 같이 들어오니?"였다. "고양이는 영역 동물이라 멀리 안 간다며? 마당에 풀어 놓고 키워"라는 말도 안 되는 소리를 했다.

엄마 아빠 집은 2층으로 된 주택이다. 1층과 2층 사이 계단 앞에는 미닫이문이 있다. 고양이들은 1층으로 내려가지 않는 조건으로 고양이 셋과 엄마 아빠와의 동거가 시작되었다. 정확하게 말하자면 동생까지. 동생은 원래 고양이를 좋아해서 문제 될 게 없었다.

처음엔 고양이들도 새로운 집에 적응하느라 내 방에서 나가지 않았다. 그러다 시간이 지나자 겨울이가 먼저 집 안을 탐색하기 시작했다. 처음엔 동생 방 정도였는데 점점 2층 구석구석을 돌아다녔고 마침내 1층까지 내려갔다. 미닫이문 앞에서 문 열어 달라고 우는 겨울이를 외면할 줄 알았으나 뜻밖에도 엄마가 문을 열어 주었다. 1층으로 들어간 겨울이는 소파 위에 올라가 배를 까고 온몸을 비비며 뒹굴거렸다. 엄마는 그 모습이 엄청 귀여웠나 보다. 겨울이가 그럴 때마다 까르르르 웃었다. 내가 보기엔 소파의 느낌이 좋아서 그러는 것 같은데 엄마는 자기만 보면 겨울이가 배를 까고 애교를 부린다며 좋아했다.

급기야 엄마가 내 방에도 찾아오기 시작했다. 나보다 먼저 외출할 때면 1층에서 "나 나간다." 하고 외치던 엄마가 굳이 내 방으로 올라와 외출한다고 이야기를 하고 봄, 여름, 겨울이 이름을 한 번씩 부르며 인사를 했다. "애들 귀엽지?"라고 물어보면 귀엽긴 뭐가 귀엽냐고 아니라고 말하며 방을 나갔다. 이런 걸 덕질하는 사람들 사이에서는 '입덕 부정기'라고 한다. 좋아하면서 아니라고 부정하는 단계.

겨울이는 용감해서 자주 1층을 탐색하러 갔다. 내가 퇴근하기 전에도 엄마와 동생과 거실에서 놀기도 하고 재미없으면 자기가 알아서 올라간다고 했다. 봄이와 여름이는 겨울이보다는 겁이 많다. 봄이는 내가 1층에 내려와 있으면 슬금슬금 눈치를 보며 미닫이문을 넘어왔다. 봄이가 내려올 때마다 엄마는 "네가 어쩐 일이야?"라며 반겼다.

반면에 여름이는 내가 1층에 있어도 잘 내려오지 않는다. 아니 내려오긴 내려오는데 1층과 2층 계단 사이에서 엄마가 있는 거실을 뚫어지게 쳐다보고 있다.

"엄마한텐 겨울이가 제일 귀엽지?" 겨울이가 엄마에게 제일 잘 안기고 애교도 많이 부려서 당연히 겨울이를 제일 예뻐할 줄 알고 물어봤는데 엄마의 대답은 의외였다. 여름이가 제일 귀엽다는 것이다. 내려오고는 싶은데 겁이 많아 내려오지 못하고 계단에서 보고만 있는 모습이 왠지 마음이 쓰인다고 했다.

내가 특별히 노력하지 않아도 엄마는 고양이들과 사랑에 빠졌다. 언젠가 엄마와 뚱이와 산책할 때였다. 뚱이는 매일 산책을 해도 매번 처음 하는 것처럼 활기찬데 어떤 날은 특별히 더 활발한 날이 있다. 그날이 그런 날이었다. 지그재그로 왔다 갔다 뛰어다니는 뚱이를 컨트롤하는 게 힘들어서 "뚱이는 엄마 닮아서 말을 안 들어. 얘는 안뚱이야(엄마는 안씨다)"라고 했더니 엄마는 발끈하며 날 닮아서 그런 거라고 했다. 그러면서 "우리 집에 최씨 여섯 명 모두 말을 안 들어, 너, 아빠, 둘째, 봄, 여름, 겨울이." 나는 시즌스에게 스스로를 엄마라고 부르지만, 엄마가 봄, 여름, 겨울이를 '최씨' 가족으로 인정한 건 처음이었다.

그 후에는 겨울이에게 "할머니한테 와 봐"라며 스스로를 할머니라 칭했다. 짤로만 보던 귀여운 엄마가 바로 내 옆에 있었다니. 아빠와는 아직 친해지지 못했다. 그래도 처

음엔 겨울이가 1층 거실에 있으면 올려보냈는데 언젠가부
턴 그냥 내버려 둔다. '고양이 키우지 말라던 아빠가…' 단
계는 아니지만, 곧 실현될 거라 믿는다. 봄, 여름, 겨울이
가 사랑하지 않곤 못 배기게 만들 테니까. 셋 다 너무너무
귀여우니까.

단어의 힘

　호주에 일 년 정도 워킹홀리데이를 다녀왔다. 그때 나와 하우스 셰어를 했던 친구가 세컨드 비자를 위해 3개월간 캥거루 공장에서 일한 적이 있다. 친구는 캥거루 가죽을 벗기는 일을 맡았다. 공장에서 일을 시작한 첫날, 친구는 공포에 질려 집으로 왔다. 가까이서 본 캥거루의 사체는 꼭 근육질의 사람 같았다고 한다. 컨베이어 벨트에 거꾸로 매달린 채 다가오는 캥거루의 가죽을 벗겨 내는 게 무섭고 고통스러웠다던 친구는 며칠이 지나자 아무 감정 없이 캥거루 가죽을 벗기게 되었다. 첫날 느꼈던 공포는 어느새 잊혀졌다.

　살아 있는 '소'가 '신선한 고기'가 되는 데에는 오랜 시간이 걸리지 않는다. 고기를 보고 살아 있는 동물을 연상하는 사람은 거의 없을 것이다. 부위별로 잘린 고기는 우리가 아는 동물의 모습이 아니기 때문이다. 인간을 위한 동물의 원하지 않는 희생을 주제로 사람들과 이야기를 나누다 보면 단어의 힘에 대해 생각해 보게 된다. 동물에게 고통을 주면 안 된다는 의견에는 동의하더라도 동물 앞에 '실험용'이나 '식용'이라는 말이 붙으면 공감 능력이 현저하게 떨어진다. 동물은 인간보다 고통을 덜 느낀다는 이야기를 들었다고 말하는 사람도 있었다. 과연 그럴까? 동물은 인간보다 고통을 덜 느낄까? 고통을 덜 느낀다고 하더라도 인간을 위해 동물에게 고통스러운 희생을 강요해도 되는 것일까?

비건 지향적인 삶을 시작하고 나서 가장 놀란 것은 나도 모르게 다른 생명체에 고통을 가하는 행위에 동조해 왔다는 사실이었다. 즐겨 먹던 초코 과자와 감자칩, 심지어 두부 과자에도 쇠고기, 돼지고기가 함유되어 있었다. 새로 취미를 붙이기 시작한 테니스 라켓의 스트링이 소나 염소의 창자로 만들어진다는 것, 좋아하는 차의 티백부터 화장품, 약, 심지어 담배까지 동물 실험 없이 만들어지는 게 없다는 사실을 알게 되었을 때 나는 내가 인간이라는 사실이 슬퍼졌다.

언젠가부터 SNS에 올라오는 음식 사진에 '좋아요'를 누르지 않는다. 동물을 구경하고 체험하는 공간 역시 더 이상 소비하지 않는다. 대신 최대한 자주 비건 음식이나 동물권을 지키기 위해 할 수 있는 방법들을 SNS에 공유한다. 고기이기 이전에 생명이라는 것을 기억하기 위해서. 인간에겐 어떤 생명체도 함부로 대할 권리가 없다는 사실을 잊지 않기 위해서. 둔감해지지 않기 위해서.

나는 점점 불편한 게 많은 사람이 되어 갔다

크리스마스 시즌이었다. 명동 신세계백화점 본점의 일루
미네이션은 그야말로 대박이었다. 무수히 많은 조명으로
둘러싸인 반짝반짝 화려하고 아름다운 건물은 크리스마스
에 큰 감흥이 없는 사람이라도 저절로 들뜰 수밖에 없을
것 같았다. 그렇지만 SNS에 끊임없이 올라오는 멋진 사진
들을 보며 내가 처음 한 생각은 어이없게도 '빛 공해'였다.
하, 나는 어쩌다 이렇게 낭만도 없는 사람이 되어 버렸나.
　물론 예쁘단 생각이 들지 않은 건 아니었다. 나도 시간
만 된다면 당장 서울로 가서 연말 분위기를 한껏 느끼고
싶기도 했다. 그러나 나는 『우리의 밤은 너무 밝다』라는
책을 읽은 직후였고 더 이상 낮처럼 밝은 밤을, 눈이 부시
게 화려한 조명을 아름답다고만 느낄 수 없는 사람이 되
어 버렸다.

이 책은 즐겨 듣는 팟캐스트 '책읽아웃'에서 캘리님이 소개해 주신 책이다. 평소에도 내가 관심을 두고 있는 분야의 책을 자주 소개해 주셔서 책 제목을 메모해 놓거나 장바구니에 넣어 두는 편이다. 생각이 날 때마다 한 권씩 구매해 읽는데 캘리님의 소개는 실패가 없다.

『우리의 밤은 너무 밝다』라는 책의 소개를 들었을 때 머리를 한 대 맞은 기분이었다. '빛'은 생각하지 못했다. 인간이 활동을 멈추고 숙면에 들어가는 밤까지 환하게 밝혀 놓은 인공조명으로 인해 어둠 속에서 먹이를 사냥하고 생활을 해야 하는 비인간 동물은 생명을 위협받기도 한다는 사실을 알지 못했다.

동물뿐만 아니었다. 식물도 빛에 오래 노출되면 엽록소가 재생될 시간이 부족해 세포를 파괴하는 활성 산소가 많아진다고 한다. 이쯤 되면 인간은 존재 자체가 지구에 민폐인 게 아닐까, 하는 생각까지 든다.

아파트 15층에 살 때가 있었다. 가끔 새벽에 자다 일어나 창밖을 바라볼 때가 있었는데(왜 그랬는지는 모르겠다), 새벽 두세 시인데도 거리는 너무 밝았다. 15층 높이에서도 고양이가 길을 건너는 게 보일 정도였다. 그때는 고양이가 이 시간에 어디를 가나, 새벽이라 빨리 달리는 차는 없나 살피고 다시 잠을 잤다.

이 책을 읽고 난 후 너무 밝았던 그 도로가 자꾸 눈에 아른거렸다. 모두가 자는 새벽이 그렇게까지 밝을 필요가 있을까? 그래도 다행인 건 당장 우리가 할 수 있는 일이 있다는 것이다. 그것도 아주 쉬운. 바로 불을 끄는 것.

캘리님은 이 책을 읽은 후로 밤 11시면 불을 끈다고 했다. 나도 퇴근 후 잘 준비가 끝나면 바로 불을 끈다. 쏟아지는 잠을 억지로 참으며 읽던 침대맡 독서도, 넷플릭스도 모두 그만뒀다. 대신 고양이들과 더 시간을 보내고 일찍 잠자리에 든다.

나는 점점 불편한 게 많은 사람이 되어 갔다. 책을 읽을 때도, 팟캐스트를 들을 때도 마찬가지였다. 예전에 팟캐스트에 게스트로 나온 어떤 작가님이 본인은 먹는 걸 좋아하고 직접 요리해 먹는 것도 즐긴다고 하셨다. 나중엔 도축 과정에도 참여해 보고 싶다고 말씀하시는 걸 듣고 끝까지 듣지 못하고 중간에 꺼 버렸다. 그 작가님께 나쁜 감정이 있는 게 아니라 이야기를 듣는 것 자체가 너무 괴로웠기 때문이다.

물건도 쉽게 사지 못한다. 동물이 들어가지 않았는지 확인해야 하고, 동물 실험을 안 했는지도 확인해야 하고, 되도록 친환경 제품을 이용해야 하니 뭘 하나 사려면 시간이 오래 걸렸다.

주변이 지저분해지는 건 덤이다. 플라스틱 병뚜껑, 멸균 팩 등은 모아서 동네 제로웨이스트숍에 가져가면 재활용 또는 재사용 할 수 있다. 모으는 건 잘하는데 갖다주는 건 자꾸 미루게 되니 집에도 책방에도 병뚜껑과 멸균 팩이 잔뜩 쌓여 있다. 불편하지만 그래도 포기하고 싶지는 않다.

어떤 사실은 알고 나면 알기 전으로 절대 되돌아갈 수 없다. 알면 알수록 불편하고 괴롭지만 착취당하는 비인간 동물의 삶을, 파괴되는 환경에 관한 이야기를 자꾸 찾아 읽는다. 어떤 사람은 안 그래도 살기 팍팍한데 왜 스스로를 괴롭히느냐고 묻는다. 나는 두렵다. '그래도 인간이 먼저지'라고 생각하는 사람이 될까 봐, '왜 불편하게 출퇴근 시간에 시위해'라고 불평하는 사람이 될까 봐, '좋은 게 좋은 거지, 좀 좋게 말해'라는 말을 생각 없이 하는 사람이 될까 봐 두렵다. 그렇기 때문에 자꾸 찾아 읽는다. 내가 되고 싶지 않은 모습이 되지 않기 위해 불편하고 괴롭더라도 오늘도 알기를 멈추지 않을 것이다.

답은 가까운 곳에 있을지도

22년 첫 행사로 가까운 친구이자 좋아하는 작가인 진서하 작가의 북토크를 진행했다. 코로나로 인해 그간 모든 책방 행사가 취소됐다가 약 일 년 반 만에 진행하는 거라 설레고 기대됐다. 많은 인원을 모집할 수는 없어 소수로 진행된 북토크는 편안한 분위기에서 진행되었다.

진서하 작가를 서두로 참가자들이 돌아가며 『돌아오는 새벽은 아무런 답이 아니다』에서 좋아하는 구절을 낭독하는 시간을 가졌다. 낭독 후 자연스럽게 흘러나오는 각자의 이야기를 공유했다. 초판본에서 좋았던 부분과 개정판에서 좋았던 부분을 각각 읽어 주신 분도 계셨고, 글을 읽고 구미로 이사 왔을 때가 기억났다며 새로운 지역에서 잘 지낼 수 있을지 걱정이었는데 이제는 내가 어디서든 잘 지낼 수 있는 사람이라는 걸 알게 되었다는 참가자도 있었다. 어떤 분은 힘든 일이 생겼을 때 주변 사람에게 털어놓는 게 힘든데, 나의 힘듦이 다른 사람의 힘듦보다 사소하게 느껴져 더욱더 이야기하기가 어렵다고 고백하며 울컥하시는 바람에 나도 울음을 참느라 혼났다. 어떤 분은 진서하 작가님을 처음 봤을 때 왠지 차가워 보여서 다가가기 힘들었는데 이제는 다정하고 따뜻한 사람이라는 걸 알게 되었다고 했다. 많은 사람이 진서하 작가의 겉모습에 속고 있다. 사실 진서하 작가는 다정하고 따뜻한 사람일 뿐만 아니라 온갖 드립을 장전하고 있는 주접대마왕이다.

좋아하는 구절은 다 달랐지만, 이유는 대부분 비슷했다. 내 이야기 같아서. 참가자 모두가 낭독 후 자신의 이야기를 했을 때 다른 참가자들 역시 '맞아 맞아. 나도 그랬어'라며 맞장구를 치거나 고개를 끄덕였다.

작가 스스로는 다른 사람을 위로하기 위해 쓴 글이 아닐지도 모른다. 그러나 우리는 다른 사람의 이야기에서 자신의 모습을 발견했을 때 작은 위로를 받곤 한다. 나만 힘든 게 아니구나, 내가 예민해서 그런 게 아니라는 위안은 다른 사람의 불행에서 오는 게 아니다. 우리가 모두 비슷하게 살아가고 있다는, 어쩌면 다 똑같다는 데서 오는 묘한 안도감이다. 나에게만 찾아오는 힘듦이 아니라 누구에게나 있을 수 있는 일이고 이것 또한 지나가기 마련이라는 이 단순한 명제를 미리 겪어 본 사람들의 경험을 통해 알게 된다. 힘을 얻는다.

그래서 우리는 서로 아는 사이가 아니더라도 타인의 고통을 공감하고 연대의 손을 내밀 수 있는 건지도 모른다. 한 시간 반이라는 짧은 시간 동안 하나둘 소소한 이야기를 꺼내놓았고 누군가는 이렇게 소소한 이야기에도 귀 기울여 주었다. 서로의 이야기를 경청하고 진심으로 공감하고 따뜻한 응원을 끊임없이 보냈다. 돌아오는 새벽은 답이 아닐지라도 우리는 서로의 답일지도 모르겠다.

손님과 친구 사이

  학창 시절 나는 우정에 목숨을 거는 타입이었다. 세상에 친구보다 소중한 건 없었다. 나를 욕하는 건 참아도 내 친구를 욕하는 건 참을 수 없던 시절. 홍삼도 술도 아닌데 우리가 몇 년산 친구인지 따지며 우정을 과시하고 확인하던 시절. 친구가 전부였고 세상이 뭐라고 해도 우리의 우정만은 영원할 거라고 믿던 시절이 있었다. 그랬던 나에게도 친구들에게도 시간이 흐르고 성인이 되면서 새로운 관계들과 변화가 생겨났다. 여전히 그 시절의 친구들을 사랑하지만 피보다 진하다는 슬로건 같은 것이 아니라 이제는 조금은 느슨하고 편안한 우정을 이어 간다.

  새로 만난 사람을 '친구'라고 이름 붙이기까지 꽤 오랜 시간이 걸린다. 처음부터 허물없이 다가오는 사람에게는 벽을 쳤고, 너무 급하게 다가오는 사람에게는 제동을 걸었다. 나 역시도 마음이 맞는 사람에게 같은 이유로 쉽게 다가가지 못했다. 나 혼자 친하다고 생각하는 건 아닌지, 상대보다 너무 큰 내 마음이 부담스러울까 봐 관계 앞에서 늘 머뭇거렸다. 어느 정도 가까워진 사이에서도 자주 선을 그었다.

특히 손님으로 만난 경우가 그랬다. 자주 오는 손님에게 어디까지 친밀감을 표현해야 할지. 지난번에 구매한 책은 재밌게 읽으셨냐고 물으면 기억해 줘서 고맙다고 생각할지 그런 것까지 기억하다니 소름 끼친다고 생각할지 알 수 없었다. 조용히 책만 사서 나가고 싶은데 괜히 말을 걸어 불편하게 하는 건 아닌지 모든 게 조심스러웠다.

하지만 '조심스럽다'라고 적은 게 무색하게도 지금 내가 가장 많이 의지하는 친구들은 모두 책방에서 만났다. 처음 지하에서 책방을 시작하게 된 건 그 건물 1층에 친구 보희가 카페를 하고 있었기 때문이다. 책방을 오픈하고 손님이 많지 않던 나는 자주, 사실은 거의 매일 그 카페에서 시간을 보냈다. 보희는 내가 아는 사람 중 제일 웃기다. 보희와 만나면 언제나 즐겁다. 내 이야기도 잘 들어 줘서 남들에게 말하지 못하는 속내나 고민을 보희에겐 털어놓곤 한다. 책도 폭넓게 많이 읽어서 저런 책은 어떻게 알고 읽는 건지 궁금할 때도 많다. 가끔 모임 도서를 선정하다

막힐 때면 보회의 도움을 받곤 한다. 책방을 이전할 때 가장 아쉬웠던 점이 정든 공간을 떠나는 게 아니라 보회와 멀어지는 것이었다. 주변 사람들도 책방을 옮기면 자주 못 만나서 어떡하느냐고 걱정할 정도였다. 하지만 걱정과는 다르게 우리는 여전히 자주 만나고 서로의 관심사를 공유하며 잘 지내고 있다.

민송과 나는 보회의 카페에서 진행한 독서모임에서 만났다. 민송은 심바와 탱고라는 귀엽고 큰 고양이를 키우고 달이라는 귀엽고 사나운 길고양이를 돌보고 있다. 겨울이를 구조한 것도 민송인데, 구조 당시 겨울이에게 싸움을 걸었던 고양이가 바로 달이다. 처음 봄이를 입양했을 때 고양이에 대해 아는 게 하나도 없었던 나는 이미 고양이를 키우고 있던 민송의 도움을 많이 받았다. 처음 봄이의 발톱을 깎을 때도 민송이 도와줬고, 봄이가 자꾸 발가락을 깨무는 게 도저히 이해가 안 돼서 한밤중에 연락했을 때도 친절하게 알려 주었다. 지금도 고양이들의 몸 상태가 걱정될 때 동물병원보다 먼저 연락하는 상대가 민송이다.

지영은 신청하는 사람이 있을까 조마조마하는 마음으로 희망자를 모집했던 독서모임에서 처음 만났다. 당시 남아도는 오후 시간이 아까웠던 나는 저녁에만 진행하던 독서모임을 오후에도 진행하기로 했다. 처음 모집한 오후 독서모임에 딱 한 명이 신청했다. 바로 지영. 사람을 겉모습으로 평가하면 안 되지만 책방 문을 열고 들어오며 똑똑하고 차가운 도시 여성의 냄새를 폴폴 풍기던 지영의 첫인상이 아직도 생생하다. 첫 독서모임이라 안 그래도 긴장되는데 난데없는 도시 여성의 등장에 석성이 이만저만이 아니었다. 알고 보니 지영은 따뜻한 도시 여성이었다. 첫 만남에서 우리는 각자의 TMI를 대방출하며 한 시간 반 동안 쉴 새 없이 이야기를 나누었다.

모임을 함께하면서 지영과 나는 자연스럽게 가까워졌다. 지영이 동네 동생인 남실에게 독서모임을 추천하면서 남실도 독서모임의 멤버가 되었다. 동네 동생이라기에 당연히 지영의 또래일 거라 생각했는데 남실은 갓 고등학교를 졸업한 애기(?)였다. 지영과 나이 차이가 많이 나는 건 물론이고 나와는 열두 살도 넘게 차이 난다. 남실은 모임이 진행되는 동안에는 조용히 있다가 사적으로 찾아와서 몇 시간씩 웃긴 이야기를 하고 가곤 했다.

남실은 내 친구 중 가장 어린 친구다. 남실의 친구 중에도 내가 가장 나이가 많을 것이다. 이 어린 친구는 나는 물론이고 자신보다 나이가 많은 나의 친구들을 모두 이름으로 부른다. 이 친구 덕분에 우리는 나이에 상관없이 서로를 이름으로 부르는 사이가 되었다. 쿨해 보이고 싶은 나는 서로를 이름으로 부르는 나의 친구들이 멋져 보이고 좋다.

책방 위층에서 카페를 운영하던 보희와 그 공간에서 만난 민송, 내가 매번 자리를 비우고 보희의 카페에서 놀고 있는 바람에 책방이 아니라 카페로 날 만나러 와야 했던 지영과 남실. 그리고 부산에 살다 구미로 이사 온 디자이너 보경과도 친구가 되었다. 보경은 책방을 오픈하기 전 부산 북페어에서 연락처를 물어봤던 작가님 중 한 명이었다. 내가 좋아하는 작업물의 창작자와 친구가 되다니. 나뿐만 아니라 민송 역시 보경을 알기 전부터 보경이 만든 작업물의 팬이어서 우리가 친구가 되는 건 당연한 이치 같았다. 좋아하는 것이 비슷한 우리는 자연스럽게 그리고 조심스럽게 친구가 되었다. 나의 일상을 소중히 채워 주는 인연들이 되었다.

한 번도 만나지 못한 친구 S도 있다. 그녀가 몇 살인지 어떻게 생겼고 목소리는 어떤지 전혀 알지 못한다. S 역시 나에 대해서 아는 게 별로 없다. 아마 길거리에서 우연히 만나면 우리는 서로를 알아보지 못하고 그냥 지나칠 것이다. S와의 인연은 어느 여름, 한 통의 책 주문 메일로부터 시작되었다.

S는 팟캐스트 책읽아웃에서 정세랑 작가님이 추천하신

독립출판물 『돌아오는 새벽은 아무런 답이 아니다』를 구매하려고 책방 이메일 주소를 찾아 나에게 메일을 보냈다. 가까이에도 독립서점이 많은 서울에 사는 S가 지방의 작은 책방에, 그것도 이메일로 수고로이 책을 주문하는 게 조금 신기하고 많이 고마워서 진심을 담은 손편지를 써서 보냈다. S는 나의 편지에 감동을 받아 책봄에 관심을 가지게 되었다.

책을 주문하고 편지를 주고받으면서 나는 S의, S는 나의 팬이 되어 책 이야기를 나누기도 하고, 가끔 서로의 고민을 들어주는 사이가 되었다. S는 책봄에 대한 애정을 자주 표현했다. 그런 S의 응원은 책방을 오래 하고 싶고 잘하고 싶게 만들었다. 좋아하는 걸 소리 내어 표현하는 것의 힘이 크다는 걸 S에게서 배웠다. 그녀는 책봄뿐만 아니라 책봄을 통해 알게 된 디자인을 하고 글을 쓰고 커피를 만드는 나의 친구들에게도 진심으로 다정하다.

책방을 운영하고 달라진 점이 뭐냐는 질문을 자주 받는다. 책방을 해서 달라졌다기보단 책방을 하면서 만난 좋은 친구들 덕분에 나의 삶의 방식과 가치관이 많이 바뀌었다. 만약 내가 이전보다 조금 더 나은 사람이 되었다면, 그건 모두 나의 친구들과 우리 고양이들 덕분이다.

지하 책방에 있을 때부터 성주에서 찾아오는 L, 오래

기다려도 괜찮다고 항상 책봄에서 책을 주문하는 F, 책봄에서 하는 일이라면 가장 먼저 달려와 주는 현정, 좋아하는 가수가 같다는 공통점으로 만나 매달 함께 책을 읽는 지혜, 소유, 줌줌, 5년 동안 함께해 준 독서모임과 필사모임 멤버들. 책봄을 좋아해 주고 아껴 주는 분들이 여기에 다 적을 수 없을 만큼 많다는 걸 알고 있다. 이들의 든든한 응원 덕분에 무너지고 싶을 때에도 버틸 수 있는 용기가 생겼다.

이 우정이 영원할 거란 기대는 하지 않는다. S와 한 번도 못 만난 채 서로를 잊을 수도 있고, 성주에 책봄보다 더 좋은 책방이 생길지도, 좋아하는 가수가 바뀌어(그럴 리 없다) 모임이 없어질지도 모른다. 그래도 우리가 오랫동안 우정을 주고받았다는 사실은 변치 않는다. 어떤 의미에서는 더욱 진한 우정이다.

작은 책방, 작지 않은 모임

오늘은 책방에 독서모임이 있는 날이다. 이번에는 김초엽 작가님의 『방금 떠나온 세계』를 함께 읽는다. 책방 일을 하면서 틈틈이 모임 책을 다시 훑어본다. 분명 읽은 책인데 내용이 잘 기억나질 않는다. 모임 날짜보다 미리 책을 읽으면 내용이 기억나질 않고 늦게 읽기 시작하면 정해진 날짜까지 읽지 못한다. 책방 주인이니까 책을 많이 읽고 깊게 읽을 거라 생각한다면 나는 당신이 생각하는 그 책방 주인이 아니다.

눈으로는 글자를 따라가면서 머리로는 '오늘 저녁 뭐 먹지' 따위의 것들을 생각하느라 같은 문장을 몇 번씩 반복해서 읽을 때도 많다. 읽고 싶은 책은 얼마나 많은지 이 책 저 책 동시에 읽다가 끝까지 읽지 못한 책도 많다. 독서 편식도 심하다. 여러 분야의 책을 두루두루 읽는 사람들이 정말 부럽다. 이런 내가 책방을 운영하는 것도 신기한데, 독서모임도 진행하고 있다니. 책방을 오래 하고 볼일이다.

생각보다 많은 사람이 완독하기 힘들어한다는 걸 다른 독서모임을 통해 알게 되었다. 바쁘거나 사정이 생겨서 혹은 나처럼 한 번에 여러 권의 책을 읽는 습관 때문에 끝까지 읽지 못했다. 책을 덜 읽고 참석하는 사람이 많아지면 이야기의 방향이 다른 주제로 흘러가거나 모임의 목적이 흐려진다. 독서모임을 만들 때 부담은 줄이면서 완독률과 참석률을 높이는 방법을 고민했고 한 달에 한 권의 책을 4주에 걸쳐 나눠 읽기로 했다. 읽어 올 분량을 짧게 정해 주고 매주 만나 이야기를 나누면 부담을 덜 수 있을 것 같았다.

함께 읽을 책은 내가 고를 때도 있고, 멤버들의 추천 도서 중에서 투표로 선정하기도 한다. 독서 편식 습관을 개선하기 위해 다양한 장르의 책 읽기를 목표로 하는데, 예술 분야 책은 읽을 때마다 어렵고 배경지식이 얕으니 대화를 풍성하게 이어 가기 힘들었다. 어떤 책을 읽든 '몽마르뜨 언덕에 앉아 그림 그려 보는 게 로망이다'로 시작해 여행 이야기로 모임을 마무리하는 경향이 있었다.

『방구석 미술관』이라는 책을 읽을 때였다. 책에 관한

이야기가 바닥나자 또 여행 이야기를 꺼내기 시작했다. 그 때 그날 처음 오셨던 분이 자신이 미술 전공이라며 미술 작품과 작가에 관한 이야기를 들려주었다. 그렇게 4주 동안 우리는 그분께 미술 이야기를 들었다. 아니 아주 근사한 미술 수입이있다. 거기서 그치지 않고 펜 드로잉 원데이 클래스를 열기도 했다. 카페에서 즐겨 먹는 메뉴를 펜으로 간단하게 그리고 몇 가지 색만 사용하여 색을 넣는 그리기 수업이었다. '몽마르뜨 언덕 로망' 이야기를 듣고 풍경은 초보자들이 그리기 어렵지만 작은 사물들은 초보자도 가능하다며 제안해 준 클래스였다.

독서모임 멤버뿐만 아니라 참가자를 모집하는 글을 보고 신청하신 다른 손님들도 함께 클래스를 즐겼다. 몸은 책방에 있지만 마음만은 자기가 원하는 여행지에서 그림을 그리는 기분이 아니었을까. 진행자로서도 이런 분야의 모임에서는 매번 비슷한 느낌을 지우기 어려웠는데 뭔가 한 차원 업그레이드되는 순간이었다.

한번은 환경 문제에 관한 책을 읽고 싶다는 요청이 들어왔다. 함께 읽을 책으로 『노 임팩트 맨』이라는 책을 선정했다. 이 책은 뉴욕에 사는 작가가 환경에 영향을 끼치지 않고 살아가는 삶을 실험하고 기록한 에세이다. 직접해 볼 만한 내용이 많아 우리도 미션을 한 가지 정해 4주

동안 실천해 보기로 했다. 텀블러 이용하기, 배달 음식 먹지 않기, 빨대 쓰지 않기 등 본인이 할 수 있는 미션을 스스로 정했다. 4주 동안 환경을 위한 작은 미션을 실천해 본 후 서로 감상을 나누어 보았다.

"커피를 마시고 싶었는데 텀블러를 안 가져간 거예요. 그래서 그냥 참고 집에 와서 마셨어요."

"배달 음식을 안 시켜 먹으니 플라스틱 쓰레기양이 확 줄었어요. 앞으로도 되도록 배달 음식은 자제해야겠다는 생각이 들었어요."

"제가 미션을 못 지키는 경우도 있었지만, 주위에서 방해하는 경우도 있었어요. 음료를 주문했는데 자연스럽게 빨대를 꽂아 주더라고요."

이 모임 이후로 책방에는 모임 멤버들끼리 안 쓰는 물건이나 책을 사고파는 벼룩시장을 열고 있다. 나에게는 더 이상 필요 없는 물건이 버려지는 대신 다른 사람이 잘 사용해 준다고 생각하니 기분도 좋고 소소하지만, 돈도 벌 수 있어서 멤버들이 좋아하는 활동이다.

혼자 책을 읽는 행위도 즐겁지만 같은 책을 읽은 사람들과 이야기를 나누는 과정이 정말 즐겁다. 나처럼 스토리를 잘 기억하지 못하는 사람도 독서모임 멤버들과 이야기를 나누고 나면 내용이 오래 기억에 남는다. 다른 사람들과 이야기를 나눌 부분을 체크하면서 읽기 때문에 자연스럽게 깊이 있는 책 읽기도 가능해진다. 펜 드로잉 클래스나 제로웨이스트 미션 같은, 책과 연결된 다양한 활동을 함께하면 책 읽기의 즐거움과 영향력이 몇 배로 커진다. 아직 독서모임의 재미를 경험해 보시 못한 분이 있다면 가까운 동네 책방으로 달려가 보길 바란다. 모임을 직접 만들어 보는 것도 좋은 방법이다. 이 좋은 걸 우리만 알고 있자니 아쉬워서 가만히 있을 수가 없네.

고양이의 말

　나는 우리 봄, 여름, 겨울이가 말을 한다고 생각한다. '말'을 인간의 '언어'로만 특정하지 않는다면, 분명히 우리 시즌스는 나에게 말을 하고 있다.

　태어날 때부터 저녁형 인간으로 태어난 내가(진짜다. 엄마가 그랬다. 밤만 되면 자기 싫어서 언제 다쳤는지도 모르겠는 상처를 보여 주며 아프다고 울었다고 한다.) 요즘은 새벽 6시만 되면 일어난다. 봄이가 아침밥을 달라고 나를 깨우기 때문이다. 시즌스 중 봄이만 가지고 있는 습관이 있다. 아침을 먹을 때 꼭 내가 옆에서 봐줘야 한다. 그런데 (하필이면) 시간은 항상 6시! 봄이의 배꼽시계는 항상 정확하다.

　봄이가 나를 깨우는 3단계가 있다. 1단계, 부른다. 듣기에는 "냐! 냐! 냐!"로 들리지만, 인간의 언어로 통역하자면

"엄마, 일어나! 밥 줘!"가 아닐까 싶다. 일단 무시한다. 피곤하니까…! 못 들은 척 계속 눈을 감고 있으면 봄이는 2단계로 돌입한다. 내 옆으로 와서 눈이나 볼, 턱 여기저기를 긁는다. 일어날 때까지 긁기 때문에 이때는 거의 안 일어날 수가 없다.

그래도 너무너무 피곤한 날에는 이불을 뒤집어쓰고 숨어 버리는데 그러면 3단계, 어떻게든 틈을 찾아 이불 속으로 손을 넣는다! 봄이의 열정에는 질 수밖에 없다는 것이 기정사실이다. 결국에 내가 잠이 덜 깬 상태로나마 몸을 일으키면 나와 눈이 마주친 봄이가 눈을 꼬옥 감으며 한번 더 '냐~' 하고 부른다. 이 모습이 너무 귀엽고 귀여워서 아무리 피곤해도 일어나고 만다.

봄이뿐만 아니라 여름이와 겨울이도 말이 많다. 말이 많은 건 엄마를 닮아서라는데 내가 그렇게 말이 많니, 애들아?

여름이는 장난감을 좋아한다. 퇴근하고 집에 들어가면 반갑게 인사를 한 후 장난감 서랍 앞으로 가서 나를 부른다. 봄이가 일어날 때까지 깨우는 것처럼 여름이도 장난감을 꺼낼 때까지 울기 때문에 퇴근 후 쉬고 싶은 마음은 잠시 접어 둬야 한다. 여름이가 헥헥거릴 때까지 놀아 주고 나면 샤워를 하거나 쉴 수 있다.

겨울이는 혼자 잘 놀다가도 이제 자려고 불을 끄면 그 때부터 놀아 달라고 나를 부른다. 화장실은 소리가 울려서 더 크게 들린다는 걸 어떻게 알았는지 내가 반응이 없으면 화장실로 간다. 화장실에서 울려 퍼지는 겨울이의 울음소리가 한밤중에 윗집과 아랫집에 들려 불편이라도 끼칠까 봐 잠시라도 놀아 주게 된다. 똑똑한 고양이들.

이 외에도 시즌스는 자기들이 원하는 게 있을 때마다 각자의 방식으로 이야기를 한다. 나는 물을 새로 갈아 주거나, 화장실을 치워 주거나, 머리를 가만히 쓰다듬으며 요구 사항을 들어준다. 그런 시간은 어떤 의심도 깃들 수 없을 만큼 평화롭다. 뭐라 표현할 수 없을 만큼 감사하다.

얼마 전 읽은 책에서 비인간 동물은 '말'을 하지 못하기 때문에 인간보다 열등하다고 여겨져 착취와 학대에 이용되었다는 글을 보았다. 이미 다른 책에서도 여러 번 마주한 문장이었지만 시즌스와 함께 살고 있는 지금, 이 문장의 파동은 너무나도 달랐다.

예전에는 비인간 동물을 착취하거나 학대해선 안 된다고 생각하면서도 말을 할 수 없다는 부분에서는 어느 정도 동의했다. 그런데 아침밥 달라고 새벽부터 깨우는 봄이, 장난감을 꺼내 달라는 여름이, 놀아 달라고 나를 부르는 겨울이의 표현들을 인간의 언어가 아니라고 해서 '말'

이 아니라고 못 박을 수 있을까? 원하는 것을 요구할 때에도 내는 소리가 각각 미묘하게 다른데 이건 어떻게 설명할 수 있을까?

시즌스가 인간인 나를 믿고 사랑하는 게 느껴지는데 인간의 언어로 '믿는다', '사랑한다'라고 말하지 않았으니 우리가 하는 소통은 소통이 아닌 것일까? 인간 중심의 세상에서 조금만 벗어나면 비인간 동물의 세상이 보인다. 비인간 동물은 인간이 없어도 살아갈 수 있지만(오히려 더 잘 살겠지만) 인간은 비인간 동물이 없으면 살아갈 수 없다. '언어'가 아닌 각자의 방식으로 이야기하는 비인간 동물의 목소리에 조금만 귀를 기울이면 우리는 새로운 눈을 얻을 수 있다.

뚱이와 산책하며 만나는 것들

책방을 마감하고 가족들과 짧은 산책을 할 때가 있었다. 뚱이를 위해 시작한 산책은 점점 가족들과 일과를 공유하고 마무리하는 중요한 일상이 되었다. 산책을 하면서 여러 가지 풍경과 마주한다. 반려견과 산책하는 이웃들, 이어폰을 끼고 달리며 땀 흘리는 사람들, 항상 그 시간에 퇴근을 하는지 어느새 눈에 익은 자전거 3인방… 그리고 수많은 쓰레기들.

산책하면서 길거리에 버려진 쓰레기들을 보며 '이런 것까지 버릴 수 있구나' 하고 매번 놀라곤 한다. 지금까지 봤던 쓰레기 중에 기억에 남는 몇 가지만 적어 보자면, 칼국수 면발처럼 분쇄된 종이 면발이 제일 먼저 생각난다. 작은 나무 옆에 소복이 버려진 종이 면발은 3일 정도 자리를 지키다 치워졌다. 도대체 어디서 왔을까?

두 번째로는 껌 종이다. 껌 종이 수집가로 추정되는 어떤 분이 종류도 너무나 다양한 껌 종이를 차곡차곡 곱게 접어 낙엽 더미 밑에 버려 놓았다. 이 껌 종이들도 이틀 정도 방치되어 있다가 치워졌다.

아! 닭 뼈도 있다. 닭 뼈는 강아지한테 위험하기 때문에 처음 뚱이가 닭 뼈를 주워 먹었을 때는 엄청 화가 났다(사실 지금도 화남). 그러다 문득 의아했다. '애네들이 왜 길바닥에 있지? 길에서 먹다가 버린 건가? 이런 것도 길에서 먹나?' 도무지 출처를 이해하기 어려웠다. 그 후로도 닭 뼈는 종종 발견되어 나의 분노를 유발했다.

담배꽁초는 말하기도 입 아프다. 담배꽁초는 길바닥에 버려도 된다는 법이라도 있는 건지 카페 앞 횡단보도에는 정말 매일(!) 너무나 많은 담배꽁초가 버려져 있다. 보기에도 싫지만, 문제는 뚱이가 담배꽁초를 발견하면 입에 넣어 씹다가 뱉는다는 것이다. 처음에는 뚱이가 니코틴에 중독된 거 아니냐고 농담처럼 이야기하기도 했었다. 그러다 나중에는 뚱이의 건강이 진짜 걱정되어 담배꽁초를 못 먹도록 그 주변에서는 간식으로 유인하기 시작했다. 이제 담배꽁초가 수북하게 버려진 카페 앞 그 자리는 뚱이가 가장 좋아하는 간식 스폿이 되어 버렸다.

뚱이는 물이나 음료가 담긴 플라스틱병을 입에 물고 산

책하기를 좋아하는데 그 장면을 본 사람들은 마치 <세상에 이런 일이>에 나올 법한 쓰레기 줍는 강아지라도 본 것처럼 감탄한다. 그러면 우리는 살짝 머쓱해진다. 그분들이 지나가고 나면 우리는 어금니를 깨물고 "버려! 뚱이 버려!"라고 협박을 한다. 물론 뚱이는 말을 듣지 않는다.

산책은 거의 항상 즐겁지만, 비 온 뒤 하는 산책은 가끔 마음이 아프다. 처음엔 좋았다. 특히 여름밤, 비로 인해 선명해진 자연의 색과 적당히 촉촉한 습도는 산책하기 최상의 상태다. 그런데 어느 순간부터 보이기 시작했다. 수많은 지렁이들이. 비 소식에 밖으로 나왔다가 콘크리트로 덮인 땅 때문에 다시 흙으로 돌아가지 못하고 서서히 말라 죽어 가고 있는 지렁이들이 너무나 많았다.

지렁이는 왜 이름도 지렁이라 지어서 사람들이 징그러워하게 만들었을까. 말라 죽어 있는 지렁이, 자전거 바퀴에 몸이 잘린 지렁이, 사람한테 밟힌 지렁이. 지렁이는 다양한 형태로 고통받고 있었다. 이런 장면으로 지렁이를 마주하자, 나는 어느 순간부터 지렁이가 징그럽지 않았다(사실 조금 징그럽다). 그래서 지렁이를 구조하기 시작했다. 지렁이를 발견할 때마다 나뭇가지 두 개를 나무젓가락처럼 잡고 흙으로 보내 주기로 한 것이다. 사람들이 길바닥에 쪼그려 앉아 나뭇가지로 지렁이를 잡는 나를 이상하게 보든지 말든지 지렁이를 발견할 때마다 구조 작전에 나섰다. 모르는 사람들의 시선은 두렵지 않았다.

이상하게 아는 사람의 시선은 약간 신경이 쓰였다. 책방에서 진행하고 있는 '체력단련 프로젝트' 멤버들과 등산을 하던 중에 꿈틀꿈틀거리는 지렁이를 발견했다. 우리가 등산하는 산은 사람들의 편의를 위해(무슨 편의인지는 모르겠으나) 산을 콘크리트로 덮어 놓아서 흙길이 아니다. 산에 사는 지렁이조차도 흙으로 돌아가지 못하고 괴로워하고 있었다. 못 본 척 그냥 지나가다가 마음이 쓰여 우물쭈물하고 있으니 멤버 한 분이 왜 그러냐고 물었다. 나는 "지렁이를 봐서요…. 가서 구해 줘야겠어요"라고 대답했다. 그런데 그분도 지렁이를 흙으로 보내 주는 일을 하던 분이었다! 흔쾌히 나와 같이 되돌아가 지렁이 구조를 도와주셨다.

순간 타인의 시선을 의식해서, 그것도 아는 사람의 시선이 신경 쓰여서 내가 옳다고 생각하는 행동을 하지 못한 게 부끄러워졌다. 그리고 지렁이를 구조하자고 해도 이상하게 보지 않고 같이 구조해 주는 사람들이 있다는 사실이, 새삼 다행이라는 생각이 들었다.

하루를 마감하고 뚱이와 함께 발맞춰 걷는 일. 뚱이와 함께하는 산책 덕분에 긴 하루의 스트레스와 피로를 잊을 수 있다. 사람이 별로 없는 그 시간에 나와 함께 걸어 줄 가족이 있다는 것은 큰 위안이 된다. 뚱이는 바닥에 코를 대고 연신 킁킁거리며 냄새를 맡는다. 표정을 보니 산책이 꽤 마음에 든 것 같다. 더 많은 냄새를 맡을 수 있도록 많이 걸을게. 우리 오래오래 함께 걷자.

으르렁, 으르렁, 왈왈왈

"거, 개 몰고 다니면 똥 좀 치우세요."

맞은편에서 걸어오던 사람이 다짜고짜 나에게 짜증을
내며 말했다.

"저 똥 잘 치우는데요."

"여기저기 온통 똥 천지야."

"저 똥 잘 치운다니까요. 왜 저한테 그러세요?"

나도 같이 짜증을 내며 말했다.

"아니, 그 쪽한테 그러는 게 아니라 길에 똥이…"

예전에는 이런 말을 들으면 그냥 지나쳤는데 더 이상은
그러지 않는다. 예상치 못한 반격에 당황했는지 그 사람은
말을 말자는 듯, 손사래를 치며 가던 길을 갔다. 기분 좋
게 시작한 아침 산책을 망친 나는 불쾌한 기분을 쉽게 떨
쳐 낼 수 없었다.

뚱이는 올해 일곱 살인 진도믹스 여자 강아지다. 7년 전 동생이 친구 집에서 아기 강아지를 데려왔다. 엄마 강아지가 피부병이 있어 태어난 지 3개월도 안 됐을 때 급하게 우리 집에 오게 되었다. 퉁퉁한 발에 졸린 눈을 가진 이 작고 귀여운 생명체는 뚱이라는 이름으로 우리의 가족이 되었다. 뚱이는 부모님 집에서 산다. 자취할 때는 책방을 마감한 다음 가족들과 뚱이 저녁 산책을 함께했다. 그러다 본가로 들어가게 되었고 비교적 아침 시간이 여유로운 내가 뚱이와 아침 산책을 하고 엄마와 동생은 저녁 산책을 담당하게 되었다. 뚱이와 둘이 산책하는 시간은 하루 중 가장 기다리는 시간이다. 그 사람은 나의 소중한 아침 산책을 말 한마디로 망쳐 버렸다.

동생에게 이 일을 말했더니 "그 길에 플라스틱 테이크아웃 컵도 많이 버려져 있는데 음료 마시면서 오는 사람한테도 컵 잘 버리라고 말한대? 담배 피면서 오는 사람한테는? 담배꽁초가 얼마나 많이 버려져 있는데!"라며 같이 열을 냈다.

다른 쓰레기도 많이 버려져 있으니 개똥도 버려도 된다는 게 아니다. 반려견과 함께 산책하는 나도 길에 버려진 똥을 보면 눈살이 찌푸려진다. 그래서 뚱이 똥을 치우면서 다른 개의 똥을 같이 치우기도 한다. 내가 화나는 건, 이런 일은 뚱이와 산책하는 사람인 내가 여자라서 일어나는 일이란 걸 알기 때문이다. 뚱이와 나는 자주 쉬운 대상이 된다. 사람들은 우리에게 쉽게 말을 걸고, 쉽게 훈수를 두고, 쉽게 혐오감을 표출한다. 반말이 기본이라 존댓말로 말을 걸면 고맙다고 절이라도 해야 할 판이다. 그냥 지나가지 않고 말이라도 받아치면 개가 어쩌고저쩌고 고함을 치며 가 버린다. 남자 동생과 함께 산책할 때는 일어나지 않는 일이다.

이런 일도 있었다. 뚱이와 저녁 산책을 하다 젊은 남성 무리와 마주쳤다. 뚱이를 길 한쪽으로 세우고 지나가기를 기다리는데 무리 중 한 명이 자기 친구에게 말했다.

"야, 네 친구 지나간다. 인사해."

"왈왈, 왈왈!"

그와 그 친구들은 우리 앞에서 자기들끼리 개 울음소리를 내고 '개'가 들어간 비속어를 섞어 가며 농담을 했다. 우리가 앞에 버젓이 있는데 그들에게 우리는 보이지 않는 듯했다.

개와 산책한 경험이 없는 사람들은 믿지 않을 수도 있지만, 개의 울음소리를 흉내 내는 사람들이 생각보다 많다. 오늘도 뚱이에게 '으르렁'거리면서 다가오는 사람과 마주했다. 길에서 개를 만날 순간을 기다리며 집에서 성대모

사 연습이라도 하는 걸까. '왈왈왈', '으르렁' 우리 앞에서 열심히 자기의 장기를 뽐낸다. 그럴 때는 무슨 표정을 지어야 할지 모르겠다. 뚱이에게 나의 더러운 기분과 그 사람의 무례함이 전달되지 않기를 바랄 뿐이다.

산책을 끝내고 집으로 돌아가는 길, 또 누군가가 말을 걸었다.

"어! 어제 봤던 강아지다!"

등교하던 초등학생이 우리 뚱이를 보고 알은체를 했다. 강아지라니! 뚱이는 내 눈엔 작고 귀엽지만, 보통 사람들이 '강아지'라고 부르는 사이즈보다는 조금 더 크다(내가 강아지라고 하면 친구들은 개라고 정정해 준다). 그 학생 눈에는 뚱이가 작고 귀여운 강아지로 보였나 싶어, 그 순간 불쾌했던 기분이 싹 사라졌다. 나도 아이에게 눈으로 인사를 했다. 귀여움이 세상을 구하는 순간이었다.

책을 쓰는 마음과 책을 파는 마음

한 작가님으로부터 오랫동안 판매되지 않은 책을 돌려받을 수 있냐는 메일을 받았다. 다른 방법으로 책을 독자들에게 전달할 방법을 찾아보겠다고, 자신의 책이 자리만 차지하고 있는 것 같아 죄송하다고 했다. 남아 있는 도서를 포장하면서 나 역시 책을 잘 못 팔아 드려 죄송하다는 메모를 넣었다. 책이 독자들에게 더 많이 닿을 수 있는 방법을 같이 찾아보자는 말과 함께.

웬만한 경우가 아니라면 책을 반품 하지 않는다. 귀찮거나 게을러서가 아니다. 오히려 서가가 부족해서 판매가 부진한 책은 돌려보내는 게 책방에도 좋다. 그럼에도 불구하고 반품을 안 하는 이유는 언젠가 인연이 있는 독자와 만나게 될 거라는 믿음이 있어서다. 실제로 입고된 지 오래된 책이 팔리면 퍽 뿌듯하기도 했고 말이다.

그런데 메일을 받고 나니, 책방에 책이 오래 머무르게 하는 일이 잘하는 것인지 의문이 생겼다. 우리 책방에서 잘 팔리지 않으면 서둘러 책을 돌려드리고 잘 팔리는 책방에 입고해 독자들을 만나게 하는 게 더 좋은 게 아닌지. 책을 돌려 달라고 요구하는 작가님도 계시지만 미안해서 돌려 달라는 말을 하지 못하는 작가님도 분명히 계실 텐데 잘 팔고 싶다는 욕심만으로 우리 책방에서 너무 오래 보관하고 있는 건 아닌지 걱정이 되었다.

책방을 운영한 지 5년이 되었다. 책방을 시작할 때 입고된 책방과 역사가 같은 책들도 있고 입고 후 한 권도 팔리지 않은 책들도 있다. 얼마 전 입고된 지 오래된 책을 판매하고 작가님께 정산을 해 드렸더니 본인의 책이 아직도 책방에 있었냐고, 잘 관리해 주고 있는 것 같아 마음이 놓인다는 답장을 받았다. '마음이 놓인다'는 부분에 나도 모르게 오래 머물러 있었다. 책을 맡기는 마음을 조금이나마 이해할 수 있었다.

한번은 구미시의 지원을 받아 구미 시민들에게 도서를 선물해 주는 이벤트를 진행했다. 책방에 오는 손님들은 대부분 단골손님인데 오랜만에 새롭고 다양한 얼굴의 손님들이 다녀가셨다. 독립출판물을 아예 처음 접해 보시는 분들도 있었고 책봄의 존재 자체를 몰랐던 분들도 있었다.

나에게 책을 추천받기도 하고 본인들이 직접 서가를 천천히 둘러보기도 하면서, 이분들이 선택한 책들은 꽤 흥미로웠다.

책방에 자주 오는 분들은 책방지기인 나와 취향이 비슷한 분들이 많다. 독립출판에 관심이 많은 분들이다 보니 주로 새로 입고된 책이나 책봄 베스트셀러를 구매한다. 그런데 아무 정보 없이 처음 책방에 오신 분들은 서가를 천천히 구경하고, 신간이든 구간이든 구애 없이 오롯이 본인들이 끌리는 책을 선택했다. 덕분에 이벤트를 하는 동안 다양한 도서가 판매되었고 몇 년 만에 첫 정산을 받은 작가님도 있었다.

이번 일은 나에게 신선한 충격이었다. 나도 책방을 운영하면서 신간에만 집중하고 있었던 건 아닌지 되돌아보는 계기가 되어, 입고된 지 오래된 책부터 다시 찾아서 읽기 시작했다. 좋은 책들이 너무 많았다. 공감이 가는 구절은 밑줄을 긋거나 필사를 해 SNS에 열심히 올렸다. 책방 서가에만 머물러 있는 게 아니라 널리 널리 읽히길 바라는 마음을 담아 열심히 읽었다. 책이 사랑받기를 바라는 마음은 쓰는 입장이나 파는 입장이나 똑같다. 책을 맡아 주기만 하는 책방이 아니라 잘 팔아 주는 책방이 되고 싶다.

어린아이에게 선물이 되는 책

엄마와 두 명의 딸 손님들이 책방에 들어왔다. 딸1은 중고등학생 정도 되어 보였고, 딸2는 초등학생 아니면 더 어려 보였다.

딸1은 들어오자마자 익숙하게 책방을 둘러보며 본인이 읽고 싶은 책을 골랐다. 책장 구석구석 열심히 책을 살펴보는 모습에 왜인지 모르게 기분이 조금 좋아졌다.

반대로 딸2는 들어온 지 1분쯤 되자 여기는 내가 읽을 책이 없으니 빨리 나가자고 엄마를 졸랐다. 조르는 게 통하지 않자 언니가 책을 너무 많이 산다고 이르기도 하고, 언니만 사 준다고 투덜대기도 했다. 화장실에 다녀온 후 화장실 문을 닫으라고 엄마가 다섯 번 정도 말했는데 닫지 않아 결국 꾸중을 듣기도 했다.

"너 오늘 진짜!"

엄마는 어금니를 꽉 깨물고 낮은 목소리로 아이를 꾸짖었다. 오늘 하루 내내 엄마 말을 듣지 않았나 보다.

"아 뭐~~~~왜~~~~!"

엄마가 화가 났든지 말든지 딸2는 천진난만하게 책방을 빙빙 돌았다. 그러나 갑자기 책 한 권을 골라 자리에 앉아 읽기 시작했다. 멀리서 살짝 보니 김예지 작가님의 『저 청소일 하는데요?』라는 책이었다. 출판사에서 정식 출간되어 독립출판물로는 얼마 남아 있지 않은 신선하고 좋은 책이었다.

딸2는 이번엔 책을 사 달라고 엄마를 조르기 시작했다. 엄마는 책을 슬쩍 보고는 내용도 살피지 않고 안 된다며 제자리에 갖다 놓으셨다. 딸1이 고른 책을 계산하러 카운터로 오셨을 때, 손님이 먼저 말 걸지 않으면 내 쪽에서는 말을 걸지 않기로 스스로 정해 놓은 원칙이 있지만, 나는 용기를 내어 엄마에게 말을 걸었다.

"막내 따님이 고른 책, 진짜 좋은 책이에요. 좋은 책을 잘 골랐어요."

"그래요? 무슨 내용인데요?"

나는 엄마에게 책에 대해 설명했고 엄마는 "좋은 책 골랐네"라고 한마디 하시더니 책을 사 가셨다.

아직도 선명하게 떠오르는 기억이 있다. 초등학생 때였는데(사실 국민학생) 엄마와 함께 서점에 갔다. 아마 칭찬받을 일이 있어서 엄마가 책을 선물로 사 준다고 했던 것 같다. 엄마는 읽고 싶은 책을 천천히 골라 보라며 책이 빼곡하게 꽂혀 있는 책장 앞으로 나를 데려갔다. 그 당시 책장은 나에게 너무 크고 높았다.

마음에 드는 제목을 가진 책을 몇 권 꺼내서 앞부분을 읽어 보다가 한 권을 골라 엄마에게 사 달라고 했다. 책 제목이 무엇이었는지, 어떤 내용이었는지 잘 기억나지 않지만 나는 그 책을 아주 여러 번 읽었다. 내가 고른 책이라 더 마음에 들었던 것 같다. 어릴 때 좋았던 기억을 떠올려 보면 엄마와 서점에 갔던 기억이 자주 떠오르곤 한다.

오래전 엄마와 딸이 함께 와서 책을 사 간 적이 있다. 둘은 각자의 책을 골랐는데 딸이 고른 책은 우울증으로 정신과 치료를 받는 작가의 이야기를 만화로 그려 낸 『판타스틱 우울백서』라는 책이었다. 엄마는 계산하러 오셔서 작은 목소리로 이 책을 어린이가 읽어도 되는지 물어봤다. 나는 당연히 괜찮다고 대답했다. 아주 좋은 책이라고.

얼마 후 SNS에 그분이 쓴 후기가 올라왔다. 딸이 고른 책을 내심 걱정했는데 너무 재밌게 읽고 있으며 책 속 그림도 따라 그리면서 자신만의 방법으로 책을 즐긴다는 것이었다. 결과적으로 아이가 선택한 책을 사 주길 잘했다는 내용이었다.

선물로 수는 책이라도 어린이가 읽을 책은 어린이가 직접 고르게 해 주면 좋겠다. 서점에 와서 책도 고르고 재미없으면 읽다가 그만두기도 하고 무슨 말인지 모르겠어도 이해하는 척도 해 보고 우연히 마음에 쏙 드는 책을 발견하기도 하고 어쩌다 읽었는데 의외로 재밌어서 놀라기도 하고. 이런 경험들이 쌓여 취향도 생기고 책을 고르는 눈도 생길 것이다. 취향과 안목을 쌓아 가는 그 과정 자체가 아이에게 선물일 것이다. 내가 어렸을 때 그랬던 것처럼.

(이 글을 쓰는 지금 손님 두 분이 들어오자마자 보지도 않고 여기는 내가 원하는 책이 없다며 나갔다. 아니, 일단 보고 말씀하시라고요…. 저희 책방에 좋은 책 많다고요….)

책을 읽는 101가지(?) 방법

여러분은 책을 어떻게 읽으시나요?

소중하게 아끼면서 새 책처럼 깨끗하게 읽으시나요, 읽은 티가 팍팍 나게 읽으시나요?

책을 읽다 마음에 드는 문장을 발견했다면 거침없이 밑줄을 좍좍 그으시나요, 사진을 찍거나 필사 노트에 적어 놓으시나요?

책 모임을 오래 하다 보니 사람마다 책 읽는 방식이 다 다르다는 사실이 재미있더라고요. 그래서 오늘은 책 읽는 방법에 대해 이야기해 보려 해요.

일단 저는 이렇게 읽어요. 마음에 드는 문장이 있으면 밑줄도 긋고 책을 읽다 떠오르는 감상들은 그때그때 여백에 적어 놓아요. 감상이라 해 봤자 'ㅋㅋㅋㅋㅋㅋ', 'ㅜㅜㅜㅜㅜㅜ', 그리고 욕이 대부분이지만 이렇게 반응하면서 읽으니, 마치 작가님과 대화하는 기분이 들어 읽는 즐거움이 더 크더라고요.

좋아하는 문장이 있는 곳을 표시하는 방법에는 나름의 규칙이 있어요. 마음에 들거나 공감이 가는 문장을 발견하면 밑줄을 먼저 긋는데 '너무 좋아', '완전 공감'의 문장이라면 옆에 플래그를 붙여요. 플래그는 책 밖으로 튀어나오는 부분을 최대한 짧게 붙여야 미관상 좋아요(제 기준). 어느 한 부분을 끊어 밑줄을 그을 수도 없이 꼭지 전체가 좋다면 꼭지가 시작하는 페이지의 가장 윗부분에 플래그를 붙여 놓아요. 이때도 최대한 짧게 붙이는 게 중요하답니다.

요즘엔 저희 필사모임 멤버 한 분이 공유해 준 마스킹 테이프를 사용해요. 다이소에 가면 천 원에 여러 개 묶음으로 판매하는 얇은 마스킹 테이프가 있어요. 단색으로 되어 있고 글씨 위에 붙여도 글씨가 잘 보여서 형광펜 대신 사용할 수도 있고 플래그처럼 사용할 수도 있어요. 플래그처럼 사용할 때는 종이가 끝나는 부분에 딱 맞춰서 붙여야 해요. 그래야 책장에 꽂았을 때 눌리지 않고 끈적이지도 않아요.

플래그도 마스킹 테이프도 없다면 페이지 윗부분을 살짝 접어놓아요. 어디서 봤는데 책을 소중하게 다루는 사람들이 절대 용서하지 못하는 몇 가지 중 하나가 책을 접는 행위였어요. 그분들이 제 책을 보면 '뜨악'할지도 모르겠어요.

그런데 처음부터 이렇게 읽었던 건 아니랍니다. 저도 책을 아주 조심히 읽었어요. 책방을 처음 시작했을 때 책장 한쪽에 제가 다 읽은 책을 중고책으로 팔았는데 그때 제 책을 사 가는 손님들이 혹시 사 놓고 읽지 않은 책 아니냐고 물어보는 분들도 있었어요. 심지어 책을 펼친 표시도 없다고요. 아닙니다, 읽은 게 확실합니다!

저도 이렇게 애지중지 책을 참 아끼면서 읽었는데 바뀌게 된 계기가 있어요. 책방에 박연준 작가님이 북토크를 하러 오신 적이 있었어요. 작가님이 가방에서 본인의 책을 꺼내셨는데 이렇게 표현해도 될지 모르겠지만 책이 정말 너덜너덜한 거예요. 포스트잇도 많이 붙어 있고, 겉으로 봐도 여러 번 읽은 흔적이 물씬 있더라고요.

그때 이런 생각이 들었어요. 내가 만약 작가라면 새 책같이 깨끗하게 읽은 책보다는 포스트잇도 많이 붙어 있고 밑줄도 좍좍 그어져 있는, 열심히 읽은 티가 나는 책을 봤을 때 더 반갑지 않을까 하는 생각이요. 맘에 들어 하며 읽은 티가 너무너무 나잖아요. 물론, 이건 제 생각이지만요.

그리고 전 따라쟁이 거든요. 멋있는 사람 따라 하길 좋아해요. 작가님 손에 들린 너덜너덜 낡은 책이 멋있어 보이더라고요. 그때부터 책에 읽은 티를 내기 시작했어요. 처음 책에 메모를 하기 시작했을 땐 혹시 누가 내 메모를 볼까 봐 부끄러워서 썼다 지우기도 했어요. 포스트잇에 써서 붙여 두었다가 나중에 다시 읽었을 때 창피하면 떼어버리기도 했고요. 그러다 나중에는 볼 테면 보라지의 마음이 되어 막 적어 놓았답니다.

메모를 해 놓거나 밑줄을 그어 놓으면 나중에 중고책으로 팔기 어렵다는 단점도 있어요. 구미시에서 주최하는 중고책 판매 행사에 셀러로 참여한 적이 있어요. 판매할 책을 선별하는데 제 책은 거의 다 밑줄이 그어져 있고 메모도 적혀 있는 거예요. 하는 수 없이 아주 저렴한 가격에 책을 내놓았죠.

제 책에 관심을 보이는 분들에게 읽은 흔적이 많은데 괜찮으냐고 물었더니 오히려 좋다고 말씀하시며 사 가시더라고요. 아마도 독서모임을 하는 이유와 비슷한 이유였을 것 같아요. 다른 사람들은 이 책을 어떻게 읽었을까? 이 부분에서 이 사람은 이런 생각을 했었구나. 독서모임을 하다 보면 같은 책을 읽어도 각자의 의견이 다른 것도, 내가 느낀 감정을 다른 사람이 같이 느낀 것도 모두 즐겁거

든요.

아무튼 자신만의 책 읽기 방법이 있다면 책 읽는 즐거움은 배가 된답니다.

현주씨, 아가씨, 사장님

책방에 휴지를 팔러 오는 아저씨가 있다. 필요 없다고 하는데도 휴지를 코앞까지 들이밀면서 사 달라고 하거나, 카운터 안쪽까지 불쑥 들어온다. 그런 행동들은 상당히 위협적이라 짧은 순간에도 만일을 대비해 빠져나갈 동선을 머릿속에 그려 보곤 한다.

어느 날 우연히 맞은편 미용실로 건너가는 휴지 아저씨를 보게 되었다. 그는 미용실 안에는 들어가지 않고 문밖에서 사장님과 몇 마디를 주고받은 후 옆의 옷 가게로 발길을 옮겼다. 옷 가게에 들어가서는 한참을 나오지 않았다. 그 순간 알았다. 아저씨는 상대를 골라가며 행동하고 있었다.

전에는 주변 상가 사장님들이 모두 여자여서 몰랐다. 맞은편 미용실은 얼마 전 남자 사장님이 운영하는 남성 헤어 전문점으로 바뀌었다. 휴지 아저씨는 남자 사장님이 운영하는 가게에는 함부로 들어가지도 않았고, 휴지를 사라고 강요하지도 않았다.

　카운터와 싱크대를 맞춤 제작했을 때의 일이다. 이전 사장님한테 물려받은 카운터와 싱크대가 너무 높아 어깨와 허리에 무리가 왔다. 기성품을 사서 바꾸려다 오래 쓸 생각으로 나에게 맞는 사이즈로 주문 제작하기로 했다. 가까운 남자 지인에게 목수님을 소개받았다.

　목수님은 남자 지인이 없는 자리에서도 그에겐 꼬박꼬박 사장님이라고 불렀지만, 나에게는 현주씨, 혹은 아가씨라고 하고 가끔 반말을 했다. 불쾌하지만 나도 가끔 반말을 섞어 쓰는 걸로 소심한 복수를 했다. 제작이 끝나고 오일을 덧칠해야 하는 일만 남았을 때, 그 일은 내가 해야 하는 일이었는데 귀찮기도 하고 그대로 써도 무방할 것 같아 하지 않기로 했다. 목수님은 오일을 덧칠해야 오래 사용할 수 있다며 밤에 시간이 많아 도와줄 수 있으니 같이 바르자고 했다. 아 됐다고요. 제작 끝났고 돈 받았으면 다신 보지 말자고요.

　책방에 전기 공사가 필요해 전기 기사님을 불렀을 때도 마찬가지였다. 그분은 나를 아가씨라고 부르며 자연스럽게 반말을 했다. 본인에게 아들이 있는데 책방에 오는 '아가씨들' 좀 소개해 달라고 했다. 이분들은 남자 사장님에게도 이럴까? 총각이라고 부르면서 처음 본 사이에도 함부로 말을 놓고 얼토당토않은 부탁을 할까?

나는 이런 일이 '나'라서 일어나는 일인시, 내가 '여사장'이라서 일어나는 일인지 궁금하다. 먹기 싫다는데도 끝까지 먹어 보라고 파인애플 조각을 들이미는 과도를 든 남자 사장님, 부자가 되게 해 주겠다며 가입을 권유하러 들어와 도무지 나가지 않던 다단계 남자 사원, 몇 년 동안 연락한 적 없는데 어떻게 알았는지 불쑥 책방에 찾아온 전 남친, 디엠으로 독서모임 여성 멤버들과 소개팅 좀 시켜 달라고 자신을 돈 없고 나이 많은 남자라고 당당하게 소개하던 이름 모를 남자분까지.

이 모든 순간에 나는 불쾌감과 동시에 공포를 느낀다. 이 공포가 과연 나의 예민함 때문일까. 이런 일은 단지 오픈된 공간이라서 발생하는 것일까, 아니면 내가 여자라는 이유로 일어나는 것일까. 남동생이 책방을 봐줄 때와 여자친구들이 책방을 봐줄 때 현저히 다른 진상 손님의 수는 어떻게 설명할 수 있을까.

지하에 책방이 있을 때 그 당시 매출로는 부담스러웠던 금액임에도 불구하고 보안 서비스를 신청했다. 그동안 나는 나 스스로를 대범하고 겁이 없는 성격이라 생각하며 살아왔다. 세상이 그렇게 위험한 곳은 아니라고, 나쁜 일은 뉴스에만 나오는 일이라 생각했다. 어떤 남자가 책방 주위를 며칠째 서성인다는 걸 알게 되었을 때, 그런 일이 뉴스 안에만 있지 않다는 걸 실감했다. 그때부터 CCTV가 제대로 작동하고 있는지 수시로 확인하는 버릇이 생겼다.

이런 일들이 나의 착각이기를 바란다. 그저 나의 과민반응이길 바란다. 나의 안전을 걱정하지 않고 책방의 미래만 궁리하며 장사하고 싶다. 원하지 않는 찝쩍거림과 위협에서 자유로운 날, 그런 날을 위해서는 어떻게 해야 할까. 그런 날이 오긴 올까.

책방의 법칙

책방에는 신기한 법칙이 하나 있다. 마감의 법칙이라고, 손님이 없어서 일찍 집에 가려고 마감을 하면 손님이 온다. 처음엔 그저 우연이라고 생각했는데 벌써 몇 번이나 같은 일이 반복되었으니 법칙이라고 해볼 만하다.

어느 금요일에 있었던 일이다. 친구인 진서하 작가와 재미있는 일을 도모하다 급 배가 고파졌다. 손님도 없는데 밥이나 먹으러 가자며 뭐 먹을까, 뭐 먹을까, 신나게 메뉴를 정했다. 그리고 나가려는 순간, 손님이 들어왔다! 이미 음악도 끄고 포스기도 마감했지만 않은 척 진서하 작가는 책을 고르고 나는 화면이 꺼진 노트북 키보드를 두들겼다.

드디어(?) 손님이 나가고 우리는 또 손님이 올까 봐(?) 잽싸게 식당으로 향했다. 주문한 메뉴가 나오고 밥을 먹고 있는데 휴대폰이 울렸다. 전화를 받으니 '모두가 연결합니다'라는 경쾌한 성우 목소리가 들렸다. 책방 전화가 휴대폰으로 연결되면 들리는 연결음이다. 아니 또 손님이었다. 식사 중이기도 했고 다시 책방으로 가기엔 거리가 멀어 아쉽게(?) 손님을 보냈다.

얼마 전 일요일에도 그랬다. 거리에 정말이지 아무도 없었다. 7시까지 버티다가 에잇, 아직 저녁도 안 먹었으니 오늘은 한 시간만 일찍 집에 가서 밥도 먹고 시즌스와 놀자는 마음으로 마감을 했다. 차를 타고 5분쯤 갔을까, 휴대폰이 울렸다.

"여보세요?"

"모두가 연결합니다."

손님이었다. 온종일 정말 아무도 없었는데. 그래서 일찍 닫은 건데. 손님들은 어떻게 알고 내가 집에 일찍 가기만 하면 책방에 오는 걸까. 신기한 건 가짜로 집에 가야지 마음먹으면 손님이 오지 않는다. 진짜로 가야겠다고 마음먹어야 손님이 온다.

책방을 하면서 가장 힘든 일은 기다리는 일이다. 언제 올지 모르는 손님을 하염없이 기다리는 일. 정해진 시간 동안 자리를 지키는 일. 아무도 오지 않는 시간에는 혼자서 놀거리를 찾아야 한다. 보통 손님은 안 와도 택배는 오기 때문에 책을 정리하느라 정신없지만 손님도, 심지어 택

109

배도 오지 않는 날에는 책방에서의 여덟 시간을 보내기 위한 방법이 필요하다. 이럴 때 가장 좋은 방법은 책장을 뒤엎는 일이다.

책장에 있는 책을 모두 꺼낸다. 색깔별로 진열해 놓은 책장의 진열 방식을 바꾼다. 재고 파악을 하기도 하고, 책방 한쪽에 시작한 주제별 전시의 주제를 바꿔 새로 진열하기도 한다. 그러면 마감의 법칙과 마찬가지로 손님이 온다. 책장 뒤엎음의 법칙일까. 여기저기 널브러진 책들 사이에서 책을 고르는 손님을 보면 죄송하기도 하고 책장을 뒤엎은 게 후회되기도 하지만, 그래서 또 손님이 왔나 싶어 더 자주 책장을 엎어야겠다고 생각한다.

기다리는 일은 다시 말하면 머물러 있다는 뜻이기도 하다. 그래서인지 가족부터 친구, 그리고 지인까지 시간 약속을 정하지 않고 책방으로 불쑥 찾아오는 일이 많다. 오겠다고 약속하고 연락 없이 안 오는 경우도 있다. 항상 거기 있으니까…. 책방은 언제든지 와도 되고 안 와도 되는 곳인 걸까. 이런 경우는 책방에 오는 게 아니다. 나를 만나러 오는 것이지.

손님도 연락 없이 오는데 그게 무슨 문제인지 모르겠다면, 손님이 오는 것과 아는 사람이 오는 것은 조금 다르다. 손님이 온다고 해서 내가 하고 있던 모든 일을 멈추고 손님을 응대하지는 않는다. 책을 추천해 달라고 하면 추천해 주면 되고 책을 산다고 하면 계산을 하면 된다. 손님이 나에게 무언가를 요구하기 전까지 나는 내 할 일을 하면 되지만 아는 사람은 다르다.

그들은 나와 대화하러 오는 경우가 많기 때문에 하던 일을 멈추고 맞이해야 한다. 그들이 반갑지 않다는 말이 아니다. 나를 보러 와 주는 것은 너무나 고마운 일이다. 하지만 책방이 나에겐 일터라는 걸 알아줬으면 싶은 것이다. 회사 다니는 친구를 근무 시간에 잠깐 만나게 되더라도 그 순간이 회사에 사용할 시간이라는 걸 다들 모르지 않는다. 거기에는 서로의 시간에 대한 배려가 있다. 그러니 나의 시간을 사용하러 오는 것이라면 적어도 미리 말해 주기를. 반대로 오기로 했다 사정이 생겨 못 오는 경우에 연락이라도 해 주면 좋겠다. 정말.

오늘은 책을 한 권도 팔지 못했다. 책방에 아무도 오지 않았다. 손님이 들어왔다가 마음에 드는 책이 없어서 책을 팔지 못하는 것과 아무도 오지 않아서 책을 팔지 못하는 것 중 어느 것이 더 슬픈지는 모르겠다. 책방이 있는 금리단길 전체에 사람이 없었다는 이야기를 들으면 아주 조금 위안이 되기는 한다.

코로나 이후로 손님이 없는 날들이 더 자주 이어지고

있다. 그나마 밖에 사람이 지나다니기라도 하면 혹시라도 책방에 들어오지 않을까 기대하는 마음에 책방 마감 시간까지 조금은 수월하게 자리를 지킬 수 있다. 그런데 밖에 지나다니는 사람마저 없다면… 나도 모르게… 그러면 안 된다는 걸 알면서도… 일찍 마감하고 집으로 도망을 가게 된다.

성공하려면 손님이 있든 없든 무슨 일이 있든 없든 같은 시간에 문을 여닫는 게 중요하다고 수많은 성공 스토리에서 읽었는데 성공하긴 틀렸나 보다.

부자가 되고 싶어!

책방엔 부자로 만들어 주겠다는 사람들이 생각보다 자주 온다. 부자로 만들어 주려면 책이라도 한 권 사지, 그럴 것도 아니면서 자기를 믿으면 부자가 될 수 있다고 하면서 자꾸 뭘 받아 적으라고 한다. 아니, 나는 진! 짜! 부자가 되고 싶다고!

부자가 돼서 일주일에 하루는 매출 걱정 없이 고양이들과 쉬고 싶다. 쉬는 날이 없다고 하면 사람들은 하루 정도는 쉬라고 안타까움 섞인 말을 해 준다. 속으론 '매출이 구멍 나는 게 보여서 쉴 수가 없어요'라고 생각하지만, 겉으론 집에 있어도 딱히 할 일이 없다고 거짓말을 한다.

직원도 한 명 정도 있으면 좋겠다. 직원이 생기면 연차와 상여금도 넘치게 챙겨 주고 맛있는 것도 잘 사 주는 멋진 사장이 될 거다(내 기준 멋진 사장).

책봄 2호점도 내고 싶다. 그러면 1호점은 어떻게 운영할 것인지, 어느 지역에 2호점을 낼 것인지, 2호점은 어떤 콘셉트로 해 보고 싶은지, 자주 상상한다. 이걸 다 하려면 부자가 되긴 돼야 하는데 책 팔아서 부자가 될 수 있을까?

한번은 문화행사와 관련된 어느 지원사업팀에서 도움을 요청해 왔다. 프로그램 아이디어를 내고 작가와 강사를 섭외하고 기획안을 제출했다. 프로그램 진행 전 담당자에게 연락이 왔다. 위에서 대여료를 사용하는 것에 대해 회의적이라고 아무래도 책봄에서 프로그램을 진행할 수 없을 것 같다고 했다. 모임 장소를 책봄으로 정하고 장소 대여료를 예산에 넣었고 많지 않은 금액이었다. 장소 대여료를 줄 수 없다면 아이디어를 내고 프로그램을 기획한 일에 대한 대가는 받을 수 있나. 그것도 아니었다. 일은 했지만 돌아오는 노동의 대가는 없었다. 이런 일은 처음은 아니다.

운이 좋았던 건지 책방 오픈 후 몇 번의 지원사업에 선정되었다. 덕분에 지원사업이 아니었다면 생각지도 못했을 프로그램을 진행할 수 있었다. 좋아하는 작가를 초대하고, 지역 작가들과 협업하여 다양한 워크숍을 진행했다. 그런데 지원사업을 하면 할수록 허탈한 마음이 들었다. '작은 책방'을 위한, '동네 서점'을 위한 지원사업인데 실질적인 도움은 되지 않았다.

지원사업으로 진행하는 프로그램은 프로그램 운영으로 인한 수익이 발생하면 안 된다. 참가자들에게 참가비를 받거나 지원사업으로 만든 책을 돈 받고 판매할 수 없다. 그렇다고 행사를 진행하는 책방지기에게 인건비를 주거나 책방에 대한 공간 사용료를 주는 것도 아니다. 책방이라는 공간도 공짜가 아니라 나도 임대료를 내고 빌려 쓰는 공간인데 왜 책방은 공짜로 이용하려고 하는지 모르겠다. 행사를 진행하는 두세 시간 동안 다른 손님들은 책방을 이용할 수 없기 때문에 당연히 경제적인 손실이 생긴다.

봉사가 아닌 이상 무보수로 일하고 싶은 사람은 없다. 심지어 봉사도 봉사 시간을 챙겨 준다. 누군가의 시간을 들인 생각과 노동을 이용해 프로그램을 진행하려 한다면 그에 합당한 대가가 지불되어야 한다. 프로그램 운영 역시 나에게는 일이다. 일을 했으니 대가를 받고 싶은 것뿐인데 책방을 운영하는 사람이 돈 이야기를 하면 사람들은 이상하게 본다. 책방은 돈 이야기를 하면 안 되는 곳이라도 된다는 듯이.

그래도 홍보가 되지 않냐, 참가자들이 책을 사면 수익이 나지 않느냐고 말하는 분들도 있다. 홍보가 아예 안 된다고 할 순 없지만, 책방에서 하는 행사는 홍보부터 모집까지 다 내가 하기 때문에 참가자의 대부분은 이미 책봄을 아는 사람들이다. 참가자가 열 명이고 참가하신 모든 분이 만 원 가격의 책을 산다고 가정했을 때 나에게 돌아오는 수익은 약 3만 원 정도다. 이것도 참가자 모두가 책을 구매한다는 가정하에 그렇고, 실제로 모든 분이 책을 사지도 않을뿐더러 카드 수수료를 제하면 3만 원보다 훨씬 적은 금액이 나에게 수익으로 돌아온다.(수익이라고 할 수 있을까?) 참가자들에게 책을 사 달라는 이야기가 아니다. 지원사업에서 반복되는 맹점에 관해 이야기하고 싶은 것이다.

좋아하는 작가님과 직접 만나 이야기를 나누는 일은 언제나 즐겁다. 초대 메일을 보내고 승낙의 답장을 받으면 북토크 당일까지 설레는 마음으로 준비한다. 그렇지만 작가님께 초대 메일을 보낼 때마다 항상 걸리는 부분이 있다. 바로 강연료다. 지원사업에서 강연료는 대부분 정해져 있는데 같은 강연료라도 강연 장소가 지방에 있을 때는 이야기가 달라진다.

책봄에서 하는 북토크는 주로 주말 오후 3시쯤 진행한다. 작가님들의 이동 시간을 고려해 정한 시간이다. 다른 지역에서 오는 작가님도 계시지만 주로 서울에서 출발한다고 가정했을 때, 서울에서 구미까지는 왕복 여섯 시간 이상이 걸린다. 3시면 점심을 챙겨 먹고 잠시 쉬다가 북토크를 진행한 후 저녁 먹고 올라가기 좋은 시간이라고 생각했다.

그런데 알고 보니 같은 수도권이라 하더라도 파주 같은 경기 외곽지역에 사는 분들은 아침 일찍 출발해야 시간 맞춰 올 수 있고 환승도 여러 번 해야 했다. 또 행사 전에는 음식을 먹지 않는 습관이 있거나 행사가 끝난 후에는 다시 올라가기 바빴기 때문에 결과적으로 종일 쫄쫄 굶는 작가님도 계셨다. 아무리 자신의 글을 사랑해 주는 독자를 만나러 오는 길이라 해도 주말도 반납하고 끼니도 거른 채 왕복 여섯 시간을 길 위에서 보내기란 쉽지 않을 것이다.

강연료라도 많이 챙겨 드리고 싶은데 정해진 강연료는 적고, 참가비는 받지 못하니 결국 사비를 쓰는 수밖에 없다. 이런 문제는 정해진 예산 내에서도 조금만 유연하게 사용할 수 있으면 해결할 수 있다. 지원사업을 진행하는 선명한 목표와 현실적인 효과에 대한 보다 깊은 고민이 필요하다.

어쨌든 이런 식이라면 책을 팔아서 부자 되기는 힘들고 책방은 계속 운영하고 싶으니 부자가 될 방법은 하나다. 로또 1등 당첨. 로또에 당첨되면 어떨까… 생각해 보니…

내가 하고 싶은 일은 일주일에 하루 쉬는 것도, 직원을 한 명 두는 것도, 2호점을 내는 것도 아닌 것 같다.

가장 하고 싶은 일은 일 년 치 월세를 한 번에 내 버리고 매달 하는 월세 걱정에서 벗어나는 것과 책을 위탁이 아니라 현매로 구입하는 것, 그리고 작가님들에게 강연료를 많이 드려서 덜 미안해하며 초대 메일을 보내는 것이다. 먼 길 오셨으니 맛있는 것도 사 드리고, 다음 일정이 없으시다면 하루 푹 쉬고 돌아가실 수 있게 좋은 숙소도 잡아 드리고 싶다. 먼저 로또를 사고 부자가 되어 보자! (안 삼.)

책봄 손글씨

책방을 구경하던 손님 두 분이 속닥이는 소리가 들린다.
"인쇄한 거 아니야?"

"직접 적은 거 같은데? 봐 봐, 여기 수정테이프 자국이
있잖아."

책 표지 위에 붙여 둔 메모를 보고 하는 말이다. 내 손
글씨를 본 손님들의 반응은 대부분 비슷하다. 인쇄한 거
다, 직접 적은 거다. 실랑이를 하다 좀 더 궁금한 사람이
나에게 묻는다.

"이거 사장님이 직접 적으신 거예요?"

그렇다고 대답하면 이어지는 말도 비슷하다. 어떤 펜을
쓰는지 묻거나, 폰트를 만들어 달라고 한다. 내가 생각하
는 우리 책방의 셀링 포인트는 나의 손글씨다(허허, 내 입
으로 말하려니 쑥스럽네).

'이 책 좋아요'라고 100번 말하는 것보다 마음에 드는 문장을 필사해서 SNS에 올리는 게 훨씬 홍보가 많이 된다. '좋아요' 수도 그냥 책 소개를 올렸을 때보다 손글씨로 필사한 글귀를 올렸을 때 더 많다. 같은 내용이라도 내 글씨로 적은 문장을 읽었을 때 더 마음에 와닿는다고 했다. 내가 글씨를 굉장히 잘 쓴다고 생각하진 않지만, 가끔 필사 노트를 펼쳐 보면 정갈하다는 느낌이 들기는 한다.

손글씨를 생각하면 기억에 남는 손님이 한 분 있다. 약 5년 전 일이다. 한 손님이 책방에 들어오셨다. 천천히 책을 고르다 책 표지에 붙은 메모를 발견하셨고, 다른 분들과 비슷한 반응을 보였다.

"이거 사장님이 직접 쓰신 거예요? 우와, 프린트한 줄 알았어요."

한 가지 다른 점이 있었다면,

"저 이것도 같이 사도 돼요?"

친구에게 선물할 책을 골랐는데 메모도 같이 주고 싶다고 했다. 메모를 보면 책을 고른 이유를 친구가 알 것 같다고. 글씨가 예쁘다는 말은 자주 들었지만 사겠다는 말은 처음이었다. 당연히 팔지 않았다. 기쁜 마음으로 그냥 드렸다. 그 후로도 그분은 책방에 올 때마다 책에 붙어 있는 메모 중 가장 마음에 드는 메모가 적힌 책을 골랐다. 그때마다 메모도 함께 드렸는데 책을 고른 이유가 내 손글씨 메모 때문이라니 그분에게 드리는 건 아깝지 않았다. 얼마든지 또 쓰면 된다. 그분은 아직도 우리 책방 단골손님이다.

글씨에 얽힌 좋은 기억들도 많지만 웃지 못할 에피소드도 많다. 손글씨로 필사한 것을 SNS에 올리면 메시지로 질문이 많이 온다. 매너를 갖춰 질문하시는 분도 많지만 그렇지 않은 사람도 많다. 인사도 없이 대뜸 펜 어디 거냐고 묻거나, 밤늦은 시간에 연락이 오기도 한다. 마치 나에게 대답을 맡겨 놓은 사람들 같다. 그래도 책 홍보에 도움이 될까 싶어 친절하게 대답해 주면 읽씹. 원하는 정보만 쏙쏙 빼 간 후 바이바이다. 웃는 이모티콘 하나라도 보내주면 안 되나요?

평소에 내 직업을 일로 대우해 주지 않던 친구도 자기가 필요할 때는 글씨를 좀 써 달라며 부탁을 해 왔다. 그 친구가 한 말을 아직도 기억한다. 책방에 클래식 음악을 틀어 놨더니 '한가롭게 클래식이나 듣고 있네', 일 년에 한 번 가는 여행으로 자리를 비웠더니 '팔자 좋게 여행이나 다니네, 나도 너처럼 일했으면 좋겠다'. 한 번은 부탁을 들어 줬지만, 이제는 연락을 받지 않는다.

사실 나는 영업에는 영 소질이 없는 사람이다. 좋아하는 작가님의 글쓰기 수업을 들은 적이 있다. 매주 숙제가 주어지는 수업이었는데 둘째 주 숙제는 좋아하는 것을 영업하는 글쓰기였다. 내 글을 본 작가님의 피드백은 이랬다.

"좋아하는 것을 영업하는 글인데 왜 부정적인 문장으로 시작하나요?"

나는 그때 재미있게 읽은 SF소설을 영업하는 글을 썼는데 "이 책은 선물 받지 않았으면 절대 읽지 않았을 책이다"로 시작했기 때문이다. 엄청난 클리쉐인 데다 너무나도 재미없는 시작이었다. 게다가 내 글은 영업하는 글이라기보단 줄거리를 요약해 놓은 글이라고 했다. 책을 추천할 때도 별반 다르지 않다. 책 내용을 요약해서 말해 줄 순 있지만 영업하라고 하면 '이 책 진짜 좋아요, 진짜 재밌어요'만 반복하고 있다.

그럴 땐 좋아하는 문장을 적어 놓은 메모가 도움이 된다. 필사할 때 꼭 지키는 게 있다면 완독을 한 후 그중에 가장 마음에 드는 문장을 필사하는 것이다. 이 책 전체에서 내가 가장 추천하고 싶은 문장, 많은 사람들이 공감할 만한 문장, 나만 읽기 아까운 좋은 문장을 뽑아내 정성스럽게 필사한다. 눈으로 한 번 읽고 손으로 꾹꾹 눌러 담으며 한 번 더 읽으면 내용이 더 깊이 다가온다. 마음에 드는 문장을 여러 번 필사하면 꼭 내 문장이 된 것 같다.

책방 필사모임 멤버들은 필사에는 끊을 수 없는 매력이 있다고 했다. 본인이 명필이든 악필이든 눈과 손으로 읽는 독서에는 그만의 즐거움이 있다.

모임 외주

매주 수요일마다 있는 '고전 읽기 모임'에 한 분이 신청하셨다. 낮 시간을 잘 활용해 보고자 호기롭게 오후 2시 모임을 개설했지만, 신청자는 한 분이었다.

처음 만나는 분과 한 시간 동안 마주 앉아서 모임을 해야 한다 생각하니 어색한 마음과 동시에 걱정이 앞섰다. '무슨 이야기를 할까?' 그러나 걱정과 다르게 막상 모임을 시작하니 책을 읽고 서로의 생각을 공유하는 것만으로도 한 시간이 훌쩍 지나갔다. 공통된 관심사로 모인 모임은 대부분 이런 식이다. 책 이야기를 하다 보면 자연스럽게 자신의 이야기도 하게 된다.

정민은 자신을 그림책 읽어 주는 사람이라고 소개했다. 그 순간, 찾았다! 내 사랑! 내가 찾던 사랑!

"저희 책방에서 그림책 모임 하실래요?"

사실 그때까지도 나는 그림책을 별로 접해 본 적이 없었다. 그림책을 읽어 본 적도 없고 누가 그림책을 읽어 준 적도 없다. 그런데도 책방을 하면 어른들을 위한 그림책 모임을 꼭 하고 싶었다. 지하 책방에 있는 작은 보라색 방에 둘러앉아 그림책을 읽는 모습을 자주 상상했었다. 내가 그림책에 대해 아는 게 없어 상상 속에만 있던 모임인데 정민을 만나고 상상이 현실이 되었다.

　모임을 하자고 말을 꺼내긴 했지만, 마음 한편에서는 '고전 읽기 모임'처럼 사람이 없으면 어쩌지, 걱정이 되었다. 내가 진행하는 모임이라면 한 명이라도 괜찮지만 이건 다른 사람을 초대해 진행하는 모임이다. 인원이 너무 적으면 진행하는 사람도 힘이 빠지기 마련이다. 그러나 그것은 쓸데없는 걱정이었다. 신청자가 많아 정원이 금세 꽉 찼다.

　작은 책방에 모여 정민이 차분한 목소리로 읽어 주는 그림책은 우리 모두를 울고 또 웃게 했다. 정민의 목소리에는 특별한 힘이 있었다. 그림책을 읽으며 정민이 건네는 질문에 스스로 대답하다 보면 '내가 이런 생각을 가진 사람이었나?' 놀랄 때도 있었다. 평소와 다르게 사물을 보는 법도 배웠다. 그림책은 어른의 시선으로, 어린이의 시선으로, 동물의 시선으로 세상을 바라보게 했다. 혼자 읽을 때는 보이지 않았던 그림이 정민의 손끝을 따라가다 보면 보이기 시작했다. 그림책은 또 다른 독서의 확장이었다.

그리고 2년 후, 지하 책방이 있던 자리에는 '그림책 산책'이라는 멋진 그림책 책방이 생겼다. 책방지기는 당연히 정민이다. 지금은 지상으로 올라와 책봄 근치에서 '그림책 산책'을 운영하며 여전히 좋은 그림책을 소개하고 읽어 주는 일을 하고 있다.

혼자 책방 일을 오래 하다 보니 없던 비염도 생기고 아침에 일어나는 것도 힘들었다(아, 아침에 일어나는 건 쉬운 적이 없었지). 그때 트위터에 운동하는 여성들의 사진이 올라오기 시작했다. 운동은 다이어트를 위해서만 한다고 생각했던 내게 몸매를 가꾸려는 목적이 아닌 건강을 위해 근육을 키우는 여성들의 존재는 신선하고 반가웠다.

좋은 걸 발견했으니 혼자만 알고 있을 수 없었다. 바로 운동모임을 만들었다. '여성 체력증진을 위한, 책봄 체력단련 프로젝트'라고 이름을 붙이고 참가자를 모집했다. 굳이 여성 체력증진이라는 설명을 붙인 이유는 나처럼 운동을 다이어트라고 생각했던 여성들과 선입견을 버리고 즐겁고 안전하게 운동하고 싶다는 생각이 들어서였다.

매주 일요일 아침에 모여 한 번은 달리기, 한 번은 등산을 했다. 등산은 전에도 종종 했었지만 달리기는 처음이었다. 오래 걸을 수는 있어도 달리기는 5분도 못할 거라고 짐작했는데 달려 보니 그렇지 않았다. 게다가 예상외의 즐거움이 있었다. 좋아하는 음악을 들으며, 팟캐스트를 들으며 천천히 숨을 고르며 달리는 동안 잡다한 생각은 잊고 달리는 데에만 집중할 수 있었다. 이래서 사람들이 달리기에 중독되는구나. 30분을 쉬지 않고 달렸을 때 쾌감이란! 이제는 뛰고 싶을 때 언제든 가볍게는 1km, 컨디션이 좋으면 3km는 거뜬히 뛸 수 있는 사람이 되었다. 꾸준히 달려 하프 마라톤 대회에 나가고 싶다는 작은 꿈도 생겼다.

등산모임이 있는 날이었다. 멤버들과 이런저런 이야기를 하며 산을 오르고 있었다. 그때 멤버 중 한 분이 일본계 회사에 다닌 적이 있어 일본어를 잘한다는 사실을 알게 되었다.

"저희 책방에서 일본어 스터디 하실래요?"

책방에서 일 년 넘게 진행한 일본어 스터디는 그렇게 산에서 급히 결성되었다. 하고 싶은 모임은 많은데 혼자서 진행하기 힘에 부치고 내 능력 밖의 일일 땐 책방을 통해 알게 된 능력자들에게 '모임 외주'를 준다. 글쓰기 모임은 진서하가, 책 만들기 모임은 민송이, 영어 원서 읽기 모임은 보경이 진행하고 있다. 모두 책방에서 만난 인연들이다. 책방을 하지 않았더라면 이 사람들을 어디서 만날 수 있었을까? 이렇게 값지고 유익한 시간을 만들 수가 있었을까?

주변에 좋아하는 일을 잘하기까지 하는 사람들이 많아 행운이라는 생각이 든다. 도움이 필요할 때 두 발 벗고 자신의 재능을 나누어 주는 나의 금오산 친구들. 책방의 절반은 친구들과 함께 만들었다. 앞으로도 염치 불고하고 손을 내밀 예정이다. 기꺼이 받아 줄 친구들을 믿고 말이다.

지구에게 다정한

아랑님은 본인을 '밭일하는 사람'이라고 소개했다.

아니, 이렇게 젊은 사람이 밭일을 한다고?

나뿐만 아니라 아랑님을 처음 만난 사람이라면 누구나 이런 생각을 할 것이다. 작고 왜소하고 무엇보다 젊다. 내가 아는 농부의 이미지와 일치하는 게 하나도 없었다.

그러나 몇 마디 대화를 나누고 나면 이 사람이 얼마나 강한 사람인지 알 수 있다. 외유내강. 작은 체구에서 뿜어져 나오는 단단한 에너지! 아랑님을 조금 알고 나니 흙과 참 잘 어울리는 사람이라는 생각이 들었다. 어느 날 아랑님 SNS에 글이 하나 올라왔다.

'지구에게 다정한' 소모임 참가자 모집.

밭일을 하는 아랑님은 구미에서 '만유의 숲밭'을 가꾸며 생명 감수성, 돌봄, 공생을 키워드로 다양한 프로그램을 운영하고 있다. 보통은 어린이들과 함께하는 프로그램을 진행하는데 이번에 어른을 위한 프로그램이 새로 생긴 것이다.

모임 안내에는 한 달에 두 번 만나 '이런 것들'을 한다고 적혀 있었나. 생태, 기후변화, 동물권에 대한 영화 보기, 독서모임, 비건 음식 요리하기, 비건 맛집 탐방, 볕이 좋은 날에는 풀 명상, 풀 멍, 풀 뜯어 먹기. 첫 모임에서는 비건 떡볶이를 만들고 비건 와인을 함께 먹는다고 했다. 그리고 다음과 같은 말이 이어졌다.

지구에게, 지구에 사는 수많은 다른 종의 생명들에게, 한 걸음 더 다정한 지구인이 되고 싶은 분들과 함께하고 싶습니다.

망설일 이유가 없었다. 바로 신청 문자를 보냈다. 모임 날, 만유의 숲밭 옆 작은 컨테이너 사무실로 들어가니 아랑님은 모임 준비를 하고 있었고 참가자 한 분이 먼저 와 있었다. 고양이 우주와 인사를 하고 참가자분에게도 인사를 했다. 처음 보는 사이였지만 우주를 함께 쓰다듬고 있으니 어색하지 않았다.

잠시 뒤 다른 참가자분도 도착했다. 그분도 우주와 인사를 했다. 우리는 서로가 누군지는 몰랐지만, 우주는 알고 있었다. 아랑님이 준비한 재료를 손질하고 함께 비건 떡볶이 양념장을 만들었다. 손질한 채소와 양념장을 냄비에 담아 끓이는 동안 서로를 소개했다. 나보다 먼저 와 있던 분은 그림책 작가이고 경기도에서 왔다고 했다. 아랑님과는 서울에서부터 인연이 있었다고. 나보다 나중에 오신 분은 구미에서 '아주 작은 연극 놀이터, 아작놀'이라는 연극 단체를 운영하고 있다고 했다. 우리는 지구에 관한 이야기를 시작으로 다양한 이야기를 나누었다.

그러다 아랑님이 갑자기 고백을 했다.

제가 가끔 풀리지 않는 문제로 속이 답답할 때 담배를 피워 보면 어떨까 생각한 적이 있어요. 연기를 내뿜으면 속이 좀 풀리지 않을까 해서요. 그런데 담배 필터에도 미세 플라스틱이 들어가 있는 거예요. 그래서 생각만 해 보고 피워 보진 않았어요.

물 담배를 피워 보면 어때요? 아, 그럼 기구를 사야 하나? 이태원에 말아서 피우는 담배를 파는 곳이 있다던데 그건 필터가 없으니 괜찮지 않을까요? 아예 담배를 키워 보면 어때요?

넷 다 흡연자는 아니지만 '지구에게 다정한' 담배를 구하면 같이 피워 보자는 약속을 했다. 아랑님이 이태원을 갔다 오는 게 빠를까 담배를 키우는 게 빠를까를 이야기하며 낄낄 웃었다.

아랑님은 친구들과 낮에는 밭일을 하고 저녁에는 잔디밭에서 춤을 춘다고 했다. 처음에는 주위 시선이 신경 쓰였는데 점점 모든 걸 잊고 무아지경에 빠져 춤을 추는 자신을 발견한다고.

그럼 우리도 나음에 만나빈 춤춰요!

저희가요?

여기서 그래도 괜찮을까요?

뭐 어때요? 여기 아무도 없고 누구에게 피해를 주지도 않는데요!

와! 정말 모두에게 무해한 일탈이네요.

그림책 작가님이 이 모임의 슬로건을 '모두에게 이로운 일탈'이라고 지어 주었다. 누구에게도 피해 주지 않고 우리에게는 이로운 작은 일탈. 사는 데 가끔 이런 일탈이 필요하다.

두 시간 남짓 이야기를 나누는 동안 이 모임 안에서 우리는 안전함을 느꼈다. 기후변화에 대해 걱정한다고 유별나다는 소리를 듣지 않았고, 동물을 너무 사랑한다고 미친 사람 취급을 받지 않았다. 고기를 먹지 않는다고, 반대로 고기를 먹는다고 서로를 틀렸다고 생각하지 않았다. 결국 지향하는 방향이 같고 더 나은 길을 찾기 위해 노력한다는 점도 같기 때문이다. 나의 신념이 보호받고 존중받는다는 느낌 안에서 진솔하고 솔직한 대화를 나누었다. 우리에게, 지구에게 다정한 밤이 깊어 갔다.

겨울이는 잘 지내요?

　　손님들이 겨울이의 안부를 묻는다. 집으로 들어갔다고
대답하면 잘됐다고 좋아하는 분도 있고 못 봐서 아쉬워하
는 분도 있다. 안부를 물으며 각자가 기억하는 겨울이 이
야기를 내게 들려준다. 책방에 들어오면 겨울이가 달려 나
와 반겨 주던 걸 기억하는 손님도 있고, 무릎 위에서 자는
모습이 귀여워 다리가 저려도 움직이지 못했다는 손님도
있다. 원래는 고양이를 무서워했는데 겨울이 덕분에 고양
이를 좋아하게 되었다는 손님. 손님들이 기억하는 겨울이
는 비슷한 듯 달랐다.
　　겨울이는 일 년 정도 책방에서 지냈다. 더 빨리 집으로
데려가려고 했는데 나의 이기심 때문에 그러지 못했다. 집
과 일터에 고양이가 있는 삶. 포기하기 힘든 만족스러운
삶이었다. 봄, 여름이와 합사가 걱정된다는 핑계로 겨울이

가 책방에서 지내는 날들이 점점 길어졌다.

그러던 어느 날 겨울이의 발바닥 살점이 떨어졌다. 내가 없는 동안 책방에서 뭘 잘못 밟아 다친 줄 알고 당장 집으로 데려가기로 결심하게 되었다. 나중에 알고 보니 밖에서 지내던 고양이들이 실내 생활을 하게 되면 딱딱한 바닥을 밟을 일이 줄어들면서 굳은살이 벗겨진다고 한다. 겨울이의 발바닥도 살점이 떨어진 게 아니라 굳은살이 벗겨진 거라고 했다. 나는 내 몸 아픈 거엔 무딘데 고양이들에게는 유별나게 된다. 어쨌든 그 일을 계기로 겨울이의 책방 생활이 끝이 났다.

집에 오니 겨울이는 사고뭉치도 이런 사고뭉치가 없었다. 방묘문 설치부터 마음대로 되지 않았다. 안전문 형태의 방묘문을 고민하다 가격이 비싸서 문 전체를 덮는 방충망 형태의 저렴한 방묘문을 구입했다. 겨울이는 이 방묘문을 이틀 만에 뚫고 나왔다. 상세 설명에는 웬만한 고양이들이 매달려도 거뜬하다고 적혀 있었는데. 우리 겨울이는 웬만한 고양이가 아니었다. 1.5미터 높이의 방묘문을 다시 구입했다. 오 마이 갓, 뛰어넘었다. 겨울이의 점프력을 과소평가했다. 혹시 방묘문 구입을 고민하는 분이 있다면 비싸더라도 처음부터 1.8미터 이상, 안전문 형태의 방묘문을 구입하길 추천합니다.

폭신폭신한 천에는 무조건 오줌을 쌌다. 세면대와 싱크대에도 오줌을 싸서 방문과 화장실 문을 항상 잠그고 다녀야 했다. 책장이나 테이블 위에 올려놓은 작은 소품들은 발로 툭툭 쳐서 다 떨어뜨렸다. 잠버릇이 가장 고약했는데 잘 자고 있나 가도 내가 자려고 불만 끄면 일어나서 우다다다를 하거나 안아 줄 때까지 울었다. 겨울이가 잠들면 여름이가 일어나서 우다다다를 시작했고 그다음엔 봄이가… 낮에 잘 못 놀아 주는 내 잘못이었다.

집에 온 후로 겨울이는 항상 배를 깐 채 잠을 잔다. 처음에는 그 모습이 귀여워 사진도 찍고 괜히 괴롭히곤 했는데 책방에 있는 일 년 동안, 책방에 오기 전 길 위에서는 어떻게 잤을까 생각하니 짠했다. 책방 겨울이는 밥도 많이 먹었다. 퇴근할 때 가득 부어 주고 다음 날 가 보면 한 알도 남김없이 싹 비어 있었다. 주는 대로 다 먹었다. 집에서는 더 이상 그러지 않는다. 책방 겨울이는 손님이 오면 뛰어가서 반길 정도로 사람을 좋아했는데 집에 오니 낯선 사람이 방문하면 봄, 여름이와 같이 숨었다. 그 모습을 보고 겨울이 집고양이가 다 됐다고 친구들과 웃으며 이야기했다.

민송은 가끔 나에게 봄이가 보고 싶다고 말한다. 민송의 집에도 고양이 세 마리가 있다.

136

집에 고양이가 있는데도 다른 고양이가 보고 싶어?

응, 봄이는 봄이잖아.

초보 집사 시절에는 잘 이해가 되지 않았는데 지금은 이해가 된다. 봄이가 보고 싶은 마음과 겨울이의 안부가 궁금한 마음이. 나도 마음을 담아 안부를 전해 본다.

겨울이는 잘 지내요. 안부 물어봐 줘서 고마워요. 나도 심바, 탱고, 달이가 보고 싶어요. 우주도 보고 싶고, 순자와 웅이는 잘 지내는지 궁금해요. 이름 있는 고양이들과 이름 없는 고양이들 다 잘 지냈으면 좋겠어요. 모두의 안녕을 빌어요.

아무리 강조해도 부족하지 않은
사지 마세요, 입양하세요

우리 집 화장실 세면대는 항상 넓적한 판때기로 덮여 있다. 세면대를 사용한 후에는 꼭 다시 덮어 두어야 한다. 우리 집 오줌싸개 겨울이 때문이다. 겨울이는 책방에 있을 때도 꼭 세면대에 오줌을 싸고 똥을 눴다. 고양이들은 화장실이 마음에 안 들거나 집사가 마음에 안 들면(이건 아닐 거야) 오줌 테러를 한다고 하던데 화장실을 아무리 청결하게 유지해도, 좋은 모래로 갈아 줘도 기회만 되면 세면대에 볼일을 봤다.

변기 역시 사용 후 뚜껑을 덮어 두는 걸 잊으면 안 된다. 겨울이가 변기 물을 먹거나 손으로 만지기 때문이다. 깨끗한 물이 가득 담긴 물그릇을 사이즈별로 여기저기 놔 둬도 소용없다. 이런 버릇 때문에 겨울이가 책방에서 지내는 동안에도 퇴근할 때는 항상 세면대를 막고 변기 뚜껑이 닫힌 걸 확인하고 집으로 왔다.

그나마 책방에서는 세면대에만 볼일을 봤는데 집에 오니 욕조에도 볼일을 보기 시작했다. 처음엔, 욕조는 매일 물로 씻으면 되니까 괜찮다고 생각했다. 그런데 우연히 겨울이가 욕조에서 오줌을 싸는 모습을 보고 잘못되었다는 걸 알았다. 겨울이는 욕조에서 두 발로 서서 오줌을 쌌다. 바닥이 평평한 욕조에서 오줌은 흘러가지 않고 겨울이의 뒷발에 그대로 고여 있었다. 고양이는 적에게 자신의 위치를 들키지 않기 위해 볼일을 본 후에는 모래로 덮는 습성이 있는데 모래도 없는 욕조에서 자신의 위치를 꼭꼭 숨기느라 오줌 위에 오줌을 열심히 덮었다. 그 발로 방으로 총총총, 침대 위로 폴짝. 퇴근 후 집에 들어가면 오줌 지린내가 옅게 나곤 했었다. 아무리 찾아봐도 흔적이 없어 기분 탓인가 했는데 최겨울이 범인이었다.

문을 닫고 다니면 되지 않나 반문할 수도 있는데, 우리 겨울이는 문을 열 줄 안다…. 닫아 놓고 간 화장실 문이 활짝 열려 있고 세면대 위에 덩그러니 놓여 있는 똥을 봤을 때의 기분이란…. 겨울이가 문을 연다는 사실을 믿지 않았던 엄마도 직접 목격하고는 기술적이라고 극찬했다.

아무튼 혼자 살 때는 내가 치우고 나만 불편하면 됐지만 본가에 들어와 가족과 함께 살게 되니 그렇지가 않았다. 그래도 부모님과는 공간이 분리되어 있지만 동생과는 함께 사용하는 공간이 많았다.

"누나, 혹시 겨울이 세면대에 오줌 눠?"

화장실에 들어가려던 동생이 물었다. 세면대 위엔 노란 오줌 자국이 있었다. 동생은 오줌만 싼 줄 알고 있는데 사실 똥도 쌌다. 내가 먼저 발견하고 몰래 치웠다. 이후 며칠간 화장실 문을 잠그고 다니다가 사용할 때마다 문을 열고 잠그는 게 귀찮아서 책방에서 사용하던 판때기를 집으로 가져왔다.

문제는 거기서 끝나지 않았다. 내 방에서 꼼짝 안 하는 봄, 여름이와 달리 호기심이 많은 겨울이는 거실과 동생 방을 자유롭게 돌아다녔다. 그러다 동생 침대 위에 올라가게 된 겨울이는……

그날 동생은 밤늦게 셀프 세탁소에서 이불 세탁을 하고 왔다. 겨울이의 오줌 테러를 경험한 동생은 자리를 비울 때 항상 문을 닫고 다녔다. 혹시 겨울이가 문을 열 줄 안다는 사실을 내가 말해 주지 않았나? 이번에는 문을 열고 들어가 이불 위에 쉬를 했다. 동생은 또 셀프 세탁소에 다녀왔다. 드라이가 끝난 뽀송뽀송한 이불을 침대에 펼치자마자 겨울이가 또 침대로 뛰어 올라갔다. 설마? 보는 앞에서? 에이 설마…? 설마가 사람 잡았다. 이 모든 일이 일주일 사이에 벌어졌다.

결국 겨울이는 동생 방 출입을 금지당했고 동생 방에는 1.9미터 높이의 안전문이 설치되었다. 매번 잠그고 다니기 귀찮아서 내린 결론이었다. 내 방에 안전문을 설치하면 내가 없는 동안 고양이들이 방에만 갇혀 있어야 해서 동생 방에 설치하기로 했다. 가까운 사이에 미안하다고 말하기가 쑥스러워, 일부러 동생에게 들리도록 겨울이에게 사과하라고 말했다.

그러던 어느 날 가족끼리 밥 먹는 자리에서 동생이 말했다.

"그냥 조금 불편하면 돼. 조금 불편하게 그냥 사는 거야. 그렇다고 애를 버리면 안 되지."

우리는 은연중에 알고 있었다. 품종묘인 겨울이가 길에서 태어났을 리는 없고 잃어버렸다고 하기엔 너무 오래 찾는 사람이 없었다. 분명 누군가에게 버려진 아이였다. 아무 데나 배변 실수를 하는 겨울이를 누군가는 참기 힘들었을 거다. 동생은 그래도 버리면 안 된다고 말했다. 방법을 찾으면 된다. 세면대에 볼일을 보면 세면대를 막으면 되고 이불에 오줌을 누면 이불 근처에 못 가게 하면 된다. 적어도 자신이 '선택'해서 한 생명을 데려왔다면 그 선택의 무게를 잊지 않았으면 좋겠다.

SNS를 구경하다 '좋아요'를 많이 받은 아기 고양이 사진을 발견했다. 요즘 유행하는 털이 복슬복슬하고 동그랗고 귀여운 고양이였다. 이 고양이를 만나기 위해 오래 기다렸다고 적혀 있었다. 사진 밑에는 너무 귀엽다고, 우리 아이들에게도 사 줘야겠다는 댓글이 달려 있었나. 냇글에서 눈을 뗄 수가 없었다. 생명이라 생각하면 '산다는' 댓글을 달 수는 없을 텐데.

누군가가 사 가지 않으면 펫숍에 있는 아이들은 어떻게 되는 거냐고, 번식장으로 다시 돌아가는 것보다 차라리 가족으로 선택받는 게 낫지 않느냐고 말하는 사람도 있었다. 술이 몸에 안 좋으니까 본인이 다 마셔서 없애 버리겠다던 친구가 있었다. 그 친구가 그런다고 해서 세상에서 술이 사라질까? 술 제조회사는 신이 나서 더 다양한 술을 만들어 낼 것이다. 수요가 있으니 공급이 있다는 건 누구나 다 아는 사실이다. 그 아이들이 어떤 환경에서 태어났는지 알게 된다면 그런 일련의 과정에 비싼 돈을 주고 '사고' 싶은 마음은 들지 않을 것이다.

"와, 애 비싼 고양이 아니에요?"

책방에 있을 때 하루에 한 번은 꼭 듣던 이야기다(물론 책방에 손님이 올 경우…). 책방에 오시는 손님 대부분이 겨울이를 좋아했다. 겨울이를 보고 귀여워 어쩔 줄 모르는

142

손님들을 보면 겉으로 내색은 안 했지만, 마스크 안에서 새어나오는 미소는 멈출 수 없었다. 특히 동행 손에 이끌려 떨떠름하게 들어온 손님이 겨울이를 보고 갑자기 태도를 바꿔 우쭈쭈쭈 하는 걸 보면 저절로 웃음이 났다. 손님들은 고양이 이름이 뭐냐고 물어보기도 하지만 가끔 본인들이 부르고 싶은 대로 겨울이를 부른다. '나비야', '고양아', '애기야', '감자야(???)' 등등.

겨울이는 자신을 별로 안 좋아하는 사람을 귀신같이 안다. 필사모임 멤버 한 분이 "저는 고양이를 싫어해요"라고 말하자마자 그분 무릎 위에 올라가 골골대기 시작했다. 그분은 고양이를 싫어한다기보다 고양이를 처음 봐서 어떻게 대해야 할지 모른다는 뜻이었다고 해명했지만 겨울이는 모임이 끝날 때까지 그분 무릎을 떠나지 않았다. 가끔 모임에 집중하느라 아무도 자기에게 관심을 보이지 않으면 굳이 책상 위에 올라와 그루밍을 하거나 발라당 뒤집기 기술을 시전한다. 사람들이 어떻게 해야 자신에게 관심을 가지는지, 어떻게 해야 자신을 좋아하는지 알고 있는 것 같다.

그런데 '비싸 보인다'라는 말을 들으면 서글퍼진다. 러시안 블루 종은 고양이지만 강아지 같은 성격 때문에 많은 사람이 반려묘로 선호하는 종이다. 그래서 많이 사랑받기도 하지만 또 그만큼 많이 버려지기도 한다.

품종묘에 대한 편견일 수 있지만 겨울이가 배변 실수를 한다는 나의 고민을 듣고 친구가 말했다. 품종견이나 품종 묘들은 태어나서 어미와 유대관계를 형성하며 이것저것 배워야 할 시기에 경매 시장에 팔려 나가기 때문에 코숏 (코리안 쇼트 헤어, 한국 토착 고양이)보다 배변 실수가 잦다고. 실제로 봄이와 여름이는 집에 데려오자마자 알아서 화장실을 찾아서 볼일을 봤다. 지금까지 한 번도 배변 실수를 한 적이 없다. 태어나자마자 엄마의 사랑도 제대로 받지 못하고 비싼 가격으로 팔리는 고양이. 품종묘. 그래서 더 사람에게 사랑받을 행동을 하는 게 아닐까?

동물들은 귀엽기만 한 존재가 아니다. 아무 데나 오줌도 싸고, 물건도 망가뜨리고, 밤새도록 울어서 잠을 설치게 만들기도 한다. 그런 모습까지 다 이해할 수 있어야 함께 살 수 있다. 동물을 키우고 싶다면 먼저 근처 동물 보호소에서 봉사활동을 하거나, 임시보호를 해 보는 게 좋다. 그들과 먼저 많은 시간을 보내며 서로를 겪어 보는 것이다. 봉사활동을 하다가 유난히 마음이 쓰이는 동물을 만나 가족이 될 수도 있고, 임시보호를 하면서 미리 동물과 함께 사는 기쁨과 슬픔을 경험해 볼 수 있다. 자신이 생각했던, 자신이 꿈꾸던 반려 생활이 맞는지, 어떤 성향의 동물이 자신과 잘 맞을지 고민해 볼 수 있는 좋은 기회가 된다.

오늘도 발랑 뒤집어서 자는 겨울이를 보며 얼마나 길었을지 모를 길 위의 생활이 험난하지 않았길 바라본다. 버림받은 기억이 눈곱만큼도 남아 있지 않도록 앞으로도 온 마음을 다해 사랑해 주고 싶다. 함께 사는 식구가 늘었으니 혼자 주던 사랑보다 몇 배로 더 큰 사랑을 줄게. 오줌싸개라도 좋으니 건강하기만 하자.

마지막을 지켜주고 싶은 마음

겨울이를 입양하려고 했을 때 가장 큰 걱정은 '내가 고양이 셋을 책임질 수 있을까'의 문제가 아니었다. 경제적인 이유도 아니었다. 물론 사룟값과 모래값, 앞으로 닥칠 병원비가 부담되지 않는 건 아니었지만 둘과 셋에 큰 차이는 없었다.

가장 걱정했던 점은 겨울이의 나이가 봄, 여름이와 비슷하다는 것이었다. 겨울이의 임보를 결정한 후 건강 상태를 체크하기 위해 동물병원에 데리고 갔었다. 의사 선생님은 겨울이의 치아 상태를 살펴보더니 두 살 정도 되었을 거라고 말씀하셨다. 봄이 세 살, 여름이 두 살, 겨울이 두 살. 한두 살의 오차가 있다고 해도 봄, 여름, 겨울이의 나이는 비슷했다. 세월이 흘러 10년, 많으면 20년이 지났을 때 비슷한 시기에 찾아올 세 아이의 마지막을 내가 감당할 수 있을까. 나의 가장 큰 고민은 시작도 전에 찾아온 마지막에 대한 두려움이었다.

겨우 두 살인데 벌써 마지막을 생각하는 건 좀 오버스럽다고 생각할 수도 있지만 이미 반려견을 강아지별로 보내 본 경험이 있는 나는 예견된 슬픔에 대해 생각하지 않을 수 없었다. 어느 날 갑자기 고양이를 한 마리, 두 마리, 그리고 겨울이까지 세 마리를 데려온 딸에게 더 이상은 안 된다고 말하는 엄마도 같은 걱정이었다. '나중에 어떡하려고 그러니.' 엄마는 걱정스러운 마음에 자주 잔소리를 했고 그때마다 우리는 투닥투닥 다퉜다.

엄마와 뚱이랑 산책하는 길에 또 같은 주제로 이야기를 나누었다.

"나는 더 이상 동물들의 죽음을 보고 싶지 않아. 애네가 마지막이야. 인제 그만 데려와."

"보살님, 모든 생명이 왔다가 가는 것은 자연스러운 이치입니다."

불교 신자인 엄마에게 장난스럽게 말했다.

"장난치지 말고! 가족으로 들인 이상 정을 안 줄 수도 없고 어쨌든 우리보다 빨리 죽잖아. 나는 그걸 보는 게 너무 힘들어."

뚱이 이전에도 우리는 똘이, 마루, 돌돌이, 이쁜이와 함께 살았다. 사실 우리와 함께한 반려견들의 마지막을 가장 많이 본 사람은 엄마다. 똘이와 마루가 강아지별로 떠났을 때 나는 대학생이라 다른 지역에 있었고, 돌돌이와 이쁜이가 강아지별로 떠났을 때는 외국에 있었다. 나는 귀엽고 예쁜 순간만 기억하고 있지만 엄마는 아프고 힘든 순간까지 모두 기억하고 있었다. 영원히 이별하던 그 순간까지. 식구들이 집에 올 때까지 기다렸다가 강아지별로 떠났다, 한 걸음도 못 걷던 애가 가장 좋아하는 자리를 찾아가더니 그대로 잠들었다는 이야기는 엄마에게 전해 들었을 뿐이다.

나는 상실에 대한 슬픔을 표현하고 오랫동안 그리워했다. 하지만 엄마도 그럴 수 있었을까? 엄마는 울지 않는다. 자식들 앞에서 우는 모습을 보이는 걸 창피하다고 생각하는 사람이라 엄마가 우는 모습을 본 적이 거의 없다. 엄마는 드라마에서 슬픈 장면이 나오면 눈물이 나기 전에 채널을 돌려 버린다. 10년 넘게 같이 산 반려동물이 죽었을 때 엄마는 어떻게 슬픔을 감당했을까.

반려동물과 함께 사는 사람들이 늘어나면서 문화가 많이 바뀌었다. 바뀐 문화에 적응할 틈도 없이 나는 자꾸 엄마를 가르치려 들었다. '엄마, 고양이한테는 큰 소리 내면 안 돼! 애들 놀란단 말이야.' '엄마, 뚱이 사료 외에 다른 거 주지 마.' 시시콜콜 잔소리를 해댔다. 이제는 안다. 갑자기 존재감을 나타내면 고양이들이 놀라니 일부러 큰 소리를 내서 엄마가 가고 있다고 알리는 거란 걸, 뚱이가 좋아할 만한 음식을 몰래 빼서 챙겨 주는 게 엄마만의 사랑 표현 방식이라는 걸.

"엄마, 나도 애들의 마지막을 생각하면 당연히 슬프지. 근데 이미 태어났잖아. 길에서 태어난 애들은 내가 아니었음, 길 위에서 매일매일을 위험하게 살았을 거야. 나는 내가 마지막을 지켜줄 수 있어서 오히려 다행이라 생각해. 살아 있을 때는 행복한 추억 많이 만들고, 무지개다리를 건너면 오래 기억할 거야. 그렇게 생각하면 마지막을 엄청 슬프게 보낼 것 같진 않아."

엄마는 말이 없었다. 내 말에 동의하는 건지 아닌지 알 수는 없었지만, 딸을 걱정하는 마음을 조금은 내려놓길 바라며 나도 말없이 함께 걸었다.

내 친구 진실에게

안녕?

안녕이라고 인사하니까 어색하네. 어제 너랑 통화하고 나서 네가 우리 집에서 살 때 같이 썼던 일기장을 봤어. 재밌더라. 모든 일기가 '열받아'로 끝나는 우리의 교환일 기. 8월 31일이 마지막이던데 작년인지 재작년인지 헷갈 린다. 아직 일기장이 많이 남아서 나 혼자 일기를 이어 가 보려 해.

오늘부터 연휴 시작인가 봐. 거리에 사람은 없고 차만 많네. 비록 연휴 내내 일하지만, 왠지 기분이라도 내고 싶 어서 퇴근하고 맥주를 잔뜩 마시고 있어. 연휴가 아니더라 도 맨날 기분 내지 않느냐고? 쉿!

술 이야기가 나와서 말인데 어제저녁에 손님 한 분이 들어왔어. 50대 후반으로 보이는 중년 남성이었어.

"역사책 있어요?"

그 나이대의 남성들은 자주 역사책을 찾아. 책 제목도, 작가 이름도, 어느 시대를 찾는 건지 아무런 정보도 없이 대뜸 역사책이 있냐고 물어. 보통 없다고 대답하면 그냥 나가시지. 진짜 없기도 하고.

그런데 그분은 나가는 대신 마스크를 내리더라. 나는 마스크를 쓰고 있는데도 불구하고 술 냄새가 확 풍겼어. 마스크를 써 달라고 말해야 하는데 순간 무서웠어. 마스크 써 달라고 말했다가 맞은 여자들이 얼마나 많니. 그래도 용기를 내서 말했지. 최대한 감정 없이.

"선생님, 마스크 좀 써 주세요." 그분은 아! 하고 마스크를 다시 쓰더니, "물 한 잔만 마실 수 있을까요? 내가 술을 많이 마셔서." 물이 있으면 드렸을 텐데 책방에 물이 없잖아. 나도 물을 싸 가지고 다니잖아. 없다고 말씀드렸더니. "그럼 내가 여기서 얻어먹을 게 하나도 없네?"라고 하는 거야. 여기가 뭘 얻어먹는 곳인가? 그때부턴 대답하지 않고 그냥 나가길 기다렸어. 혹시라도 위협적으로 행동하면 어떻게 대처할까? 머릿속으로 그리면서. 다행히 그냥 나가더라. 술 냄새는 책방에 남겨두고.

오늘은 무슨 일이 있었는지 알아? 너도 알지? 옆집 고양이 가을이. 출근하면 항상 밥 달라고 책방에 오는데 오늘은 한참이 지나도 안 오는 거야. 챙겨 주는 사람이 워낙 많으니까 다른 데서 먹나 보다 했어.

저녁쯤 되니까 가을이가 지나가는 게 보이더라. 불러서 밥 먹이려고 나갔는데 분위기가 이상한 거야. 어떤 아저씨가 맞은편 닭발집 사장님한테 큰 소리로 뭐라 하고 있더라고. 고양이 밥 준다고…. 그런데 왜…? 고양이 밥 주는 게 무슨 죄야? 사장님 가게 앞에서 사장님이 밥을 주는 건데 그게 그렇게 화낼 일이야?

등산복을 입고 역 쪽으로 가는 걸 보니 이 동네 사람도 아니고, 지나가다 밥 주는 사람이 보이니까 다짜고짜 시비를 건 것 같아. 사장님은 가게로 들어가 버렸고, 그 아저씨는 사장님이 들어간 문 앞에서 고래고래 고함을 치고 있었어. 친구들이 그 아저씨의 어깨를 토닥토닥 두들기며, 마치 네가 참으라는 듯, 달래서 데려갔어. 정말 기도 안 차. 지금 어깨 토닥토닥 받아야 할 사람이 누군데. 그 장면을 보자마자 닭발집으로 달려가고 싶었거든. 근데 내가 뭐라고 해야 해?

"고양이 밥 주는 거 불법 아니에요."

"왜 소리 지르세요?"

"이 xx가 어디서 반말이야?"

혼자 과몰입해서 싸움까지 가는 상황극을 해 봤는데 매

152

뉴얼이 없는 거야. 이런 상황에서 어떻게 해야 하는지. 닭발집에는 남자 사장님도 있는데 그분이 계셨으면 상황이 달라지지 않았을까. 주위에 남자 사장님들이 도와줬으면 별말 안 하고 가지 않았을까. 아니 왜 남자들이 도와줘야 하지. 속으로 이런 생각만 하고 달려 나가지 못했어. 비겁하지.

고양이 밥을 챙겨 준 사장님 잘못도 아니고, 사장님을 못 도와준 내 잘못도 아닌데, 왜 이런 감정을 느껴야 하지. 아오, 열받아. 언제쯤 '열받아'로 끝나지 않는 일기를 쓸 수 있을까. 가을이는 눈치도 없이 닭발집으로 총총총 달려가더라.

지역번호+120

출근길, 고양이 사체를 보았다. 지각할 것 같아 그냥 지나가다가 다시 차를 돌렸다. 아파트 놀이터 앞 2차선 도로였다. 그대로 놔두면 2차 사고가 날 게 뻔한데 그냥 갈 수 없었다. 쓸 만한 도구를 찾아 차에서 내렸다. 가까이서 보니 고양이는 생각보다 컸고 사고를 당한 지 얼마 안 되어 보였다.

아무리 고양이를 좋아하지만, 사체를 치우는 일은 조금 무서웠다. 신문지와 비닐을 꺼내 주섬주섬 치우고 있으니 한 여성분이 다가왔다. 맞은편 카센터에서 차를 고치다가 쾅 하는 소리에 나와 보니 고양이가 사고를 당해 있었다고 했다. 본인도 고양이를 키우는 사람이라 안타까운 마음이 들었지만 어떻게 해야 할지 몰라서 보고만 있었다고. 내가 차에서 내리는 걸 보고 같이 돕고 싶어서 길을 건너

오신 거였다.

내가 고양이 사체를 안전한 곳으로 옮기는 동안 그분은 120에 전화를 걸었다. 길에서 동물 사체를 발견하면 지역 번호+120에 전화를 걸어 도움을 받을 수 있다. 위치를 알려 주면 환경미화원이 와서 사체를 수습해 간다. 수습이라는 게 사체를 쓰레기봉투에 버리는 게 다지만 2차, 3차 사고를 당하는 것보단 낫다고 생각한다. 도로와 구별이 안 될 정도로 납작하게 눌린 동물 사체를 본 기억이 한 번쯤은 있을 것이다. 120에 신고를 하면 적어도 그런 사고는 방지할 수 있다.

고양이 사체를 처음 만져 본 건 약 2년 전이었다. 독서 모임이 끝난 후 뒷정리를 하고 있었는데 갑자기 싸한 느낌이 들었다. 책방 밖으로 나가니 고양이 한 마리가 도로 위에 누워 있었다. 옆집 고양이의 새끼 중 한 마리였다. 10분 전만 해도 책방에 와서 밥을 먹고 갔는데 잠깐 사이에 사고를 당해 죽어 있었다. 아는 고양이가 죽은 건 처음이었다. 옆집 고양이지만 내 고양이처럼 돌봤기 때문에 충격이 더 컸다. 아는 고양이였기에 사체를 만지는 건 두렵지 않았다. 마음이 무너졌을 뿐.

그리고 얼마 전, 가을이라 부르며 밥을 주던 고양이의 새끼가 또 사고를 당했다. 가을이는 경계가 심해서 밥을

155

주는 나에게도 곁을 내어 준 적이 없다. 사료를 부어 주는 동안에도 얼마간의 거리를 유지했다. 내가 책방에 들어가고 보이지 않아야 밥을 먹기 시작했다. 가을이는 임신을 자주 했다. 밥을 먹으러 오는 횟수와 먹는 양이 느는 걸 보면 임신이 분명한데 새끼들을 데리고 온 적이 없어서 임신이 아니라 살이 찐 건가 의심하기도 했다.

그런데 며칠 전 평소와는 다른 고양이 울음소리가 들려 밖에 나가 보니 가을이 입에 새끼 고양이가 물려 있었다. 어디서부터 끌고 왔는지 길바닥에 핏자국이 길게 나 있었다. 가을이는 나를 보고 더 크게 울었다. 한 번도 새끼를 데려온 적이 없던 가을이인데, 그래도 밥 주는 인간이라고 죽은 자기 새끼를 물고 나를 찾아온 것 같아 마음이 미어졌다.

같이 있던 손님이 120에 전화를 걸어 주고 나는 가을이와 새끼 고양이를 떨어뜨려 놓으려 했다. 왠지 그래야 할 것 같았다. 내가 말리면 말릴수록 가을이는 새끼 고양이에게 더 집착했다. 가을이는 구슬프게 울면서 끝까지 아기를 포기하지 않았다.

내가 목격한 두 번의 고양이 사고는 모두 새끼 고양이들에게 일어난 일이었다. 엄마 고양이들은 한동안 사고가 난 자리를 떠나지 않는다. 형제 고양이들도 마찬가지다.

사체를 치워도 자꾸 다시 돌아와 냄새를 맡고 소리 내어 운다.

그 장면을 본 사람이라면 동물도 사람과 똑같이 슬픔을 느낀다는 걸 알 수 있을 것이다. 단지 인간의 언어로 표현을 못 한 것뿐이지.

지인과 집으로 가는 길, 로드킬을 당해 죽어 있는 고양이를 발견했다. 내가 운전을 하고 있어 지인에게 대신 120에 전화해 달라고 부탁했다. 지인은 죽은 고양이를 발견하고도 침착한 나에게 "현주님은 로드킬을 봐도 침착하시네요. 저는 마음이 아파서…"라고 말했다. 나의 첫 번째 강아지는 로드킬을 당했다. 그 후로 길 위에 사고를 당한 동물들 사체만 보면 눈물이 멈추지 않고 흘렀는데…

내가 사고를 낸 적도 있다. 주차된 차 밑에서 갑자기 튀어나온 고양이를 보지 못했다. 빨리 달리던 건 아니라 큰 사고는 아니었지만, 한쪽 발을 다친 것 같았다. 차에서 내려 고양이에게 다가갔다. 고양이는 차도와 차도 사이에 있는 가로수로 다리를 절며 도망을 가기 시작했다. 가까이 가면 더 큰 사고를 당할 것 같아 일단 근처 동물병원에 전화를 했다. 동물병원에서는 고양이를 데려오면 치료해 줄 수는 있지만 구조는 하지 않는다고 했다.

검색해 보니 시청에 전화해 보란 글이 있어 시청에 문

의를 했다. 시청에서 연결해 준 단체에 연락했더니 전화를 받은 분은 사람들이 <동물농장>을 너무 많이 봤다고 화를 내기 시작했다. 알고 보니 시청에서 연결해 준 곳은 시에서 운영하는 유기동물 보호소였다. 아무튼 나는 그 고양이를 구조하지 못했다.

그리고 그때를 생각하면 아직도 죄책감이 든다. 그러다 어느 순간, 사고당한 동물을 보며 괴로워하고 슬퍼하기만 할 게 아니라 내가 할 수 있는 일을 빨리 찾는 게 더 좋은 방법이라는 생각이 들었다. 그때부터는 나의 사사로운 감정과 동정심은 잠시 뒤로 미뤄 둔다. 그보다는 서둘러 사체를 사고 위험이 적은 곳으로 옮기고 120에 전화를 했다. 그리고 조용히 명복을 빌어 주었다.

제한속도로만 달려도 큰 사고는 나지 않는다고 한다. 독서모임에서 멤버 한 분이 시골로 이사를 가고 난 후 이삼일에 한 번씩 고라니 사체를 본다고 했다. 본인도 사고를 낼 뻔했다고. 퇴근 후 빨리 집에 가서 쉬고 싶은 마음이 크지만, 그 후로는 운전을 천천히 한다고 했다. 사고를 내면 동물이 죽고 끝나는 게 아니라 사람에게도 트라우마가 남는다. 나도 벌써 5년이 지났지만, 그때 구조하지 못한 고양이를 생각하면 여전히 괴롭다. 고양이를 차로 친 주제에, 구조하지도 못했으면서 인제 와서 동물을 보호한답시고 목소리를 내고 있는 게 어쩌면 죄책감을 덜기 위한 방법인지도 모른다.

조금만 천천히 달리자. 길을 건너는 수많은 생명을 위해. 지구는 인간의 것만이 아니라는 걸, 함께 살아가고 있다는 걸 잊지 말자.

덕후의 마음

덕질이란 것을 시작했다. 친구 따라 강남 간 게 아니라 친구 따라 덕질을 시작했다. 친구는 방탄소년단의 팬이다. 2년 전 여행에서 돌아오는 기차 안에서 친구가 보내 준 방탄소년단의 무대 영상을 보았다. 방탄소년단의 존재는 알고 있었지만, 관련 영상을 본 건 처음이었다. 친구가 보내 준 영상은 매년 연말마다 열리는 가요 시상식 공연 중 하나였다. 공연을 보고 나니 왜 방탄 방탄하는지 알 것 같았다. 춤, 노래, 무대 매너 어느 것 하나 빠지지 않았다. 그때 결심했다.

'이제부터 방탄소년단의 팬이 될 거야.'

어떤 것들은 좋아하기로 결심하면 진짜로 좋아지는 경우가 있다. 나에겐 방탄소년단이 그랬다. 누구에게나 덕질 DNA가 있다고 한다. 방탄소년단의 팬이 된 사람들과 대화를 하다 보면 한때 동방신기의 팬이었거나 god의 팬이었거나 조금 더 거슬러 올라가면 신화, H.O.T.까지 덕질의 역사가 있었다. 나는 글쎄….

중학생 때 H.O.T.가 데뷔했다. 우리 학교 학생들은 모두 H.O.T.를 좋아했다. 멤버 장우혁이 내가 다니던 중학교와 붙어 있는 고등학교에 다닌 영향이 컸다.

장우혁과 마주친 적도 있다. 데뷔 후 선생님을 만나러 온 장우혁을 늦게 하교하던 나와 내 친구들이 발견했다. 정확히 말하자면 H.O.T.의 광팬이었던 한 친구가 발견하고 연예인이라고 알려 주었다. 그때는 데뷔한 지 얼마 되지 않아 그 친구를 제외하고는 그를 알아보지 못했다. 연예인이구나, 신기하다, 정도로만 생각했다. 나도 친구들처럼 H.O.T.를 좋아하긴 했지만 음악 프로그램을 챙겨 보는 정도였지 앨범에 수록된 노래를 몽땅 외우거나 무대의상이나 소품, 브로마이드 같은 걸 사서 모으지는 않았다.

한번은 H.O.T.가 학교 축제에 온 적이 있었다. 다른 학교 학생들까지 수업을 땡땡이치고 H.O.T.를 보러 왔던 게 인상 깊었다. 또한 유명한 사람을 그렇게 가까이서 본 건 처음이었다. TV에서 보는 것보다 훨씬 멋있었다. 그래도 입덕을 하진 못했다.

아! 나도 덕질의 역사가 있긴 있다. 지금으로부터 한참

전으로 거슬러 올라가 내가 초등학생 때 아니 국민학생 때 대학 농구가 인기였다. 나는 우지원을 좋아했다. 너무 좋아한 나머지 대학교도 연세대로 가고 싶었고(just 희망 사항) 연세대에 가면 우지원을 볼 수 있을 줄 알고 엄마 아빠에게 서울로 이사 가자고 조르기도 엄청나게 졸랐다. 연세대라는 말만 들어도 가슴이 뛰었다.

반에 우지원을 좋아하는 친구가 있었는데 우리는 절친은 아니었지만, 경기가 있는 날은 서로의 집에 놀러 가 함께 경기를 보았다. 경기가 없는 날에는 우지원 선수와 이름점을 쳐 보거나 잡지나 신문에 나온 그의 사진을 오려 스크랩을 하고 알록달록 예쁘게 꾸몄다. 지금의 다꾸 같은 느낌이다. 내가 꾸민 노트보다 친구의 노트가 항상 더 예뻤기 때문에 속으로는 조금 시샘을 하기도 했다.

프로 농구가 생기면서 대학 농구에 대한 관심은 줄어들었고 당연히 우지원 선수에 대한 내 마음도 옅어졌다. 그래도 간간이 우지원 선수에 관한 소식이 들려오면 귀가 쫑긋해졌다. 몇 년 전, 가족과 함께 나오는 TV 프로그램에 출연했을 때는 괜히 반가운 마음도 들었다. 살면서 가장 열심히 한 덕질이었다. 그때는 좋아하기만 하면 됐다. 꼬박꼬박 경기를 챙겨 보고 진심을 다해 응원하면 됐다.

그런데 요즘 덕질은 늦게 입덕한 나에겐 어려웠다. 덕질

용어는 아무리 들어도 잘 기억나지 않고 수많은 정보와 콘텐츠는 따라가기 힘들었다. 그럴 때마다 먼저 입덕한 팬들이 친절하게 알려 주었다. 같은 아티스트를 좋아한다는 이유만으로 서로를 챙기고 아꼈다. 방탄소년단의 팬을 '아미'라고 부르는데 '최애는 방탄 차애는 아미'라는 말이 있을 정도로 서로를 좋아한다. 가수를 덕질하다 그들의 팬까지 덕질하게 되는 것이다. 아미들끼리의 끈끈한 연대. 아미들 때문에라도 탈덕은 하지 못할 것 같다.

그렇게 덕질로 만나 친구가 된 사람들이 있다. 이들과는 방탄소년단을 좋아하는 것 외에도 책을 좋아한다는 공통점이 있어 독서모임을 하나 만들어 함께 책을 읽는다. 책은 방탄소년단 멤버들이 읽은 책 중 하나를 선정해서 읽고 있다. 물론 두 시간 중 한 시간 반 정도는 방탄소년단 이야기지만 말이다.

아미들과의 대화는 언제나 즐겁다. 좋아하는 것에 대해서 이야기를 하니까 나쁜 이야기가 나올 틈이 없다. 2년 전 덕질을 결심했을 때 번아웃이 오기 직전이었다. 어디라도 마음을 쏟을 곳이 필요했다. 그래서 친구가 좋아하는 방탄소년단을 따라 좋아하기로 결심한 것이다. 방탄소년단의 무대도 무대지만 멤버들끼리 장난치고 농담하는 걸 보고 있으면 그때만은 근심 걱정 없이 웃을 수 있었다. 그들의 인터뷰를 읽으며 내 최애가 이렇게 열심히 사는데 나도 열심히 살아야겠다는 자극도 받았다. 입덕하자마자 터진 코로나를 버틸 수 있었던 것도 방탄소년단과 아미들이 큰 몫을 했다. 덕질을 해 보지 않으면 알 수 없다. 우울한 기분을 한 번에 '업' 시키는 건 최애의 사진 한 상이면 충분하다.

지금은 더불어 배구 선수 김희진에게 푹 빠져 있다. 우리 모두를 열광하게 했던 도쿄 올림픽에서 김희진 선수의 경기 모습을 보고 아드레날린이 폭발하는 기분을 느꼈다. 시원시원하게 공을 때리는 모습과 서브를 넣을 때의 기합 소리, 공격에 성공했을 때 포효하며 기뻐하는 모습은 숨어 있던 나의 운동선수 덕질 DNA를 간질간질하게 했다.

우지원 선수 때문에 운동선수에 대한 로망이 생겨 중고 등학교 때는 학교 배구부 선수들을 그렇게 따라다녔다. 졸업한 이후로 잊은 줄 알았던 나의 운동선수 덕후 기질을 김희진 선수가 건드린 것이다. 그 이후로 배구 경기를 찾아보고 김천에서 경기할 땐 책방을 일찍 마감하고 경기를 보러 가기도 했다. 좋아하는 것이 분명하고 깊게 파고드는 사람들을 늘 동경해 왔다. 나는 언제나 겉만 핥다 끝났다. 열심히 덕질하는 사람들에 비하면 나는 간을 보는 정도일지도 모른다. 그러면 좀 어떤가. 애초에 깊게 파는 성격은 안 되니 잔잔하게 나의 방식대로 최애들을 응원할 생각이다. 그들이 좋아하는 일을 즐겁게 오래 할 수 있기를 바라면서.

2권만 팔려도 베스트셀러가 되는 책방

461권. 한 달 동안 판매된 책의 수량을 확인하고 깜짝 놀랐다. 이럴 리가 없는데. 1월은 비수기인데 평소보다 책이 많이 팔렸다. 다시 장부를 살펴보니 50 다음에 251이 적혀 있었다. 에이, 좋다 말았네.

수기로 장부를 작성하다 보면 가끔 이런 실수를 한다. 책방의 정산 시스템은 아날로그다. 컴퓨터 프로그램을 잘 사용하지 못하기도 하고 아직은 손으로 적는 게 편하다. 책이 팔리면 번호를 적고 번호 옆에 제목과 가격을 적는다. 카드는 '카', 현금은 '현'이라고 결제 수단도 적어 놓는다. 매달 1일이 되면 다시 시작하기 때문에 월말이 되면 그달에 몇 권의 책을 팔았는지 알 수 있다. 이번 달에는 261권의 책을 팔았다. 엽서나 노트 같은 굿즈가 팔려도 번호를 매기기 때문에 실제로 팔린 책은 261권이 안 될 것이다.

팔린 책 중에서 책봄 베스트셀러를 선정한다. 바를 '정' 자를 그리면서 가장 많이 팔린 책 1위부터 5위까지 순위를 매긴다. 1위 20권, 2위 7권, 3위 5권… 이번 달에는 북토크를 진행해서 가장 많이 팔린 책의 판매 수량이 월등히 높지만, 보통은 비슷하다.

몇 년 전 책방 SNS 계정에 책봄 베스트셀러를 올렸더니 한 작가님이 함께 선정된 다른 작가님을 소환하며 '야, 우리 책이 책봄에서는 베스트셀러래'라고 댓글을 달았다. 그때 그 작가님 책의 판매 부수는 2권이었다. 작가님이 판매 수량 2라고 적힌 내역서를 보고 무슨 생각을 할까, 정산 메일을 보내며 조금 민망했던 기억이 난다.

사실 2권만 팔려도 베스트셀러가 되는 작은 책방에서 가장 많이 팔린 책을 선정하는 게 무슨 의미가 있나 싶지만, 독립출판물을 처음 접해 보는 사람에게는 도움이 된다. 우리 책방은 독립출판물이 전체 입고 도서의 90퍼센트 이상을 차지하고 있는 독립서점이다. 독립서점이 많이 알려졌다고는 하지만 여전히 잘 모르는 분들도 많다.

'여기는 다른 서점에서 못 보던 책이 많은 것 같아요.'

'서울에서 가 봤던 그런 책방인가 보다.'

익숙하지 않은 책들을 파는 책방에서 손님들은 끌리는

책을 선택하기도 하고 나에게 추천해 달라고 부탁하기도 하지만, 책장 위에 붙여 둔 '책봄에서 사랑받은 책들' 메모를 보고 구매하기도 한다. 책이 재입고될 때마다 몇 번 재입고 되었는지 표시해 둔 것도 도움이 된다. 나도 책방을 하기 진에 다른 서점에 가면 가장 먼저 베스트셀러 코너를 기웃거렸던 것 같다. 아직 취향이 생기기 전에는 다른 사람의 취향을 참고하는 것도 도움이 된다.

책방마다 베스트셀러가 다른 점도 재미있다. 비슷한 시기에 비슷한 독립출판물이 입고되는데 어떤 책방에서는 이 책이 사랑받고 어떤 책방에서는 저 책이 사랑받는다. 손님들이 책방지기의 취향을 닮는 건지 책방지기가 손님의 취향을 닮는 건지 내가 좋아하는 책은 손님들도 좋아하고 손님들이 좋아하는 책은 나도 좋다.

이번 달에는 어떤 책이 손님들의 선택을 받을까? 1월에는 가짜로 461권을 팔았지만, 2월에는 진짜로 461권을 팔고 싶다는 생각을 하면서 2월 1일 밑에 숫자 1을 정성껏 적었다.

장사 체질 아닌데 장사하는 사람들의 모임

월요일은 평소보다 일찍 집을 나선다. 장사 체질 아닌데 장사하는 사람들의 모임 '오오씨 클럽' 회의가 있는 날이기 때문이다. OOC는 'Out Of CEO'의 약자다. 멤버는 나까지 포함해서 다섯 명이다. 카페 '걷다보면'을 운영하고 있는 보희, '그림책 산책'을 운영하는 정민, 일러스트레이터이자 그림책 작가인 민송, 아이의 그림으로 하나뿐인 소품을 만드는 지애, 그리고 나. 우리는 매주 월요일 오전에 모여 함께하면 재미있을 일들을 구상하거나 각자 해야 할 일들을 한다.

모임을 결성하기 전에도 우리는 자주 작당 모의를 했지만 의견을 내기만 하고 누구 하나 적극적으로 나서지 않았기에 늘 흐지부지 끝나곤 했다. 동의 하나는 기가 막히게 잘해서 어떤 의견이든 늘 만장일치로 찬성이었지만 막상 실행되는 것은 별로 없었다. 이대로는 안 되겠다 싶어 모임을 결성해 주기적으로 만나 회의를 하기로 했다.

우리가 스스로를 장사 체질이 아니라고 이름 붙인 데에는 그만한 이유가 있다. 멤버 모두가 계산에 약하다. 보희의 카페에 텀블러를 가지고 커피를 사러 가면 텀블러 용량이 얼마가 됐든 늘 가득 채워 준다.

"적게 주는 거 못 해."

보희가 항상 입에 달고 다니는 말이다.

카페에서 텀블러 가방을 판매했을 때의 일이다. 예쁜데다 소재도 좋고 환경까지 보호할 수 있어서 인기가 많았다. 어느 날 손님이 선물용으로 텀블러 가방을 한 번에 열 개를 구매하셨다. 금액을 전부 받기가 미안했던 보희는 뒷자리(약 5만 원 정도)를 떼고 결제했다. 정말 남는 게 없는 장사였다.

정민은 손님이 책을 많이 사면 미안하다고 했다. 특히 단골손님인 경우 안 사도 되는 책을 본인 때문에 사는 것 같아 더 미안하다고 했다. 이건 나도 마찬가지다. 자주 오는 손님이 책을 계속 고르기에 그만 사라고 말린 적도 있다. 책을 많이 팔면 기분이 좋으면서도 미안한 마음이 드는 건 왜일까. '사세요'와 '그만 사세요'의 중간에서 늘 왔다 갔다 한다.

아예 돈 받기를 까먹는 멤버도 있다. 우리 책방의 경우 정산이 완료되면 출판사나 작가로부터 계산서를 발행받는다. 다 그런지는 모르겠지만 대형 온라인 서점에서는 책이 팔리면 출판사나 작가가 먼저 계산서를 발행해야 정산이 된다고 한다. 그림책 작가인 민송은 그 사실을 알면서도 몇 달 동안 계산서를 발행하지 않아 서점에서 먼저 정산을 해 줬다고 했다. 민송은 받아야 할 돈을 받은 것뿐인데 한꺼번에 돈이 들어와 공돈 생긴 기분이라며 좋아했다. 뿐만 아니라 일러스트 디자인을 해 주고 디자인비를 받는 걸 깜빡해 의뢰한 사람이 먼저 물어보는 경우도 허다하다.

유명해지고 싶은데 아무도 자신을 몰랐으면 좋겠다는 지애. 유명해지고 싶은 마음은 있지만 정작 사람들이 자기 작품에 관심을 가지면 부담스러워한다. 지애와 협업하여 북커버를 만든 적이 있다. 책방에 얼마에 납품할 건지 물었더니 지애는 6 대 4를 이야기하는 그런 사람이다. 6을 나에게 주려는 사람. 정신 좀 차리라고 할 수밖에 없다. 돈 앞에선 한없이 작아지는 우리. 돈을 벌어야 계속해 나갈 수 있다는 걸 알지만 왜 이렇게 돈 앞에서는 어수룩한지 모를 일이다.

어느 날 오오씨 멤버 한 명이 서로에게 동기부여가 될 것 같다며 『프리워커스』를 추천했다. 얼마 후 즐겨 듣는 팟캐스트 책읽아웃에서 이 책이 소개되었다. 반가운 마음에 후기를 남겼다.

'황선우 작가님과 김하나 작가님의 케미는 역시! 오늘 단순 노동할 게 있어 책읽아웃 들으면서 해야지 했다가 일 하나도 못하고 집중해서 들었어요. 멋진 언니늘 대화 듣는데 어떻게 일이 손에 잡히냐고요. '장사 체질 아닌데 장사하는 사람들' 단톡방에 한 분이 "서좋일 알아요?"라고 물었을 때 "들었어요", "지금 듣고 있어요"라고 대답하는, 취향이 닮은 우리도 너무 좋아요. 저희가 다들 장사 체질은 아니지만, 언니들 이야기 듣고 자극받아서 장사 잘했으면 좋겠습니다.'

원래도 책읽아웃을 듣고 후기를 잘 남기는데 그날은 좋아하는 작가님 두 분이 함께 나와서 더 호들갑을 떨며 후기를 남겼다. '서좋일'은 황선우 작가님의 책 『멋있으면 다 언니』에 나오는 '서로 좋아하면 일이 잘된다'의 줄임말이다. 이날 책읽아웃에서도 언급되었는데 오오씨 클럽과도 통하는 맥락이다.

그런데 다음 방송에서 김하나 작가님이 내 후기를 읽어 주면서 "장사 체질 아닌데 장사하는 사람들, 잘될 거예요. 잘됐으면 좋겠어요. 잘될 겁니다. 잘되게 만들 거니까요"라고 응원의 메시지를 전해 주셨다. 그 후기를 듣고 오오씨 단톡방은 난리가 났다. 사랑하는 팟캐스트 책읽아웃에 우리 모임이 언급된 것도 영광인데 김하나 작가님의 응원이라니! 작가님이 잘된다고 했으니까 우리 잘될 거라며 다시 한번 서로를 북돋아 주었다.

매주 모여 어떻게 하면 장사를 잘할까 알 길이 없는 이야기를 나누는 모임이지만 내 분야가 아닌 분야에 대해 다른 시선으로 의견을 주고받으며 서로의 성장을 돕는다. 비록 장사 체질은 아니지만 자신의 일을 좋아하고 잘하는 오오씨 클럽. 그래서 계산 없이 각자의 일을 지속할 수 있는 거 아닐까. 언젠가는 우리의 진심이 통하겠지?

오오씨 친구들, 우리 좋아하는 일을 하는 것도 중요하지만 돈도 좀 벌어요. 우리 잘될 거예요. 서로 좋아하는 사람들이 함께하니까요.

2박 2일의 제주 여행

여행에도 잘하고 못하고가 있다면 나는 여행을 잘하는 사람은 아니다. 가 보고 싶은 곳은 있지만 꼭 보고 싶은 것은 없고 검색도 귀찮고 맛집에도 별 관심이 없다. 여행지에서 남들은 꼭 보고 오는 것을 못 보고 오기도 하고, 꼭 먹어 봐야 한다는 음식도 못 먹고 오기 일쑤다.

내 여행 스타일을 한마디로 정의하자면 '무계획'이라고나 할까?

계획을 세워 보기도 했다. 그런데 계획이 있어도 계획대로 움직이지 않는 나를 보고는 계획 세우기를 그만두었다. 혼자 여행을 즐기기 시작하면서 더 즉흥적으로 움직이게 되었다. 다른 사람과 함께하는 여행에서는 절대 이렇게 여행하면 안 된다. '다시는 너랑 여행 안 가!'라는 말을 듣고 싶지 않다면(feat.엄마아빠).

여행을 잘하면서 좋아하면 좋을 텐데 못하면서 굉장히 좋아하는 사람이 나다. 누군가는 내 여행 스타일이 재미없다고 어쩌면 시간 낭비라고 생각할 수도 있지만 나는 내 여행 스타일이 좋다. 심심하고 빈틈이 많은 느슨한 여행.

휴무 없이 매일 책방을 열어도 지치지 않고 계속할 수 있었던 이유는 일 년에 한 번 15일 정도 떠나는 여행이 보상으로 주어졌기 때문이다. 그런데 코로나로 인해 3년 정도 여행은 고사하고 내가 살고 있는 곳에서의 이동도 자유롭지 못하게 되자 삶의 재미도 없고 약간의 우울감마저 생겼다. 이렇게 살아서 뭐 하나.

그래서 급 제주도행 비행기 티켓을 끊었다. 오랜만에 가는 여행인 만큼 이번 여행은 계획을 세워 잘하고 싶었다. 여행 콘셉트를 비건과 플라스틱 프리로 잡았다. 인스타그램에 #제주비건을 검색했다. 언젠가 네이버에서 맛집을 검색하는 나를 보고 요즘엔 인스타그램에 검색해야 찐맛집이 나온다는 친구의 말이 떠올랐던 것이다. 가장 끌리는 곳을 찜하고 비건 안주가 가능한 술집도 저장해 놨다. 술을 마셔야 하니 숙소는 자연스럽게 술집 근처로 잡았다. 식당과 숙소를 정하고 첫날 어디를 다녀올지 대충 계획을 세우고 나니 둘째 날 계획을 세우는 게 귀찮아졌다. 그래서 또… 내키는 대로 여행을 하기로 했다.

드디어 여행 첫날! 오랜만의 여행이라 체크인을 하면서 헤매는 바람에 공항에 일찍 도착하고도 뒤에서 세 번째로 비행기를 탔다. 비행기에 타고 나서야 준비한 손수건, 텀블러, 대나무 칫솔을 가져오지 않았다는 걸 알게 되었다.

드디어 제주도 도착! 도착하자마자 미리 찜해 둔 비건 식당을 찾아갔다. 여기서 먹은 퀘사디아는 이것 때문에 제주도에 또 오고 싶다는 생각이 들 정도로 맛있었다. 친구가 추천해 준 카페에서 읽고 싶었던 책도 실컷 읽고 몇 달 치 예약이 꽉 차 있을 정도로 인기가 좋은 수풍석 박물관도 운 좋게 취소자가 생겨 다녀왔다. 이후에는 6시에 예약해 놓은 술집에 가기 위해 숙소로 향했다. 내비가 알려 준 주소로 찾아가 마주한 게스트하우스는 '내가 제주도에 있구나'를 실감하게 해 주었다.

작은 돌담집에 대문이 나무로 잠겨 있었다. 아니 잠겨 있다기보다는 돌 위에 얹어져 있었다. 나무로 된 문을 위로 살짝 들면 누구나 열고 들어갈 수 있었다. 호스트가 사용하는 방 한 개, 손님 방 두 개, 화장실 한 개로 이루어진 작은 게스트하우스였다. 내가 사용할 방은 미닫이문으로 되어 있었는데 잠금장치가 없었다. 내 방뿐만 아니라 집 자체에 잠금장치가 없었다. 제주도는 문을 열어 놓으면 동네 사람들이 자유롭게 들어와서 쉬다 간다던데, 그래서

였을까.

숙소에 짐을 풀고 예약해 둔 술집으로 향했다. 술집은 비건 안주가 가능하다는 점도 마음에 들었지만 2층에 책방이 있다는 사실 때문에 더 매력적이었다. 그냥 지나갈 수 없지. 바로 2층으로 올라갔다. 다른 책방에 가면 꼭 책을 산다. 동병상련의 마음이라서가 아니라 재밌는 책이 너무 많다. 자신의 취향으로 가득 채운 열 평 남짓한 작은 공간. 세상에 책이 얼마나 많은데 이런 책은 어떻게 알고 입고하는 건지 사고 싶은 책이 가득하다. 플래그가 덕지덕지 붙은 책 한 권과 평소 읽고 싶었던 책 한 권을 골라 계산대로 갔다.

다른 책방에 가면 내가 책방을 한다는 걸 말하고 싶지 않은 자아와 말하고 싶은 자아가 항상 충돌한다. 말하고 싶지 않은 이유는 부담스러울까 봐이고 말하고 싶은 이유는 모르겠다, 관종이라 그런가. 이번에는 말하지 말자는 자아가 이겼다. 계산을 하면서 사장님이 어디서 왔는지, 구미에는 작은 책방이 있는지 물어보시는 바람에 결국 말하긴 했지만.

1층으로 내려가 커다란 하이볼에 소금과 후추만으로 간을 한 표고버섯튀김을 안주 겸 저녁 삼아 먹고 하루를 마감했다. 술기운으로 알딸딸해서 그런지 잠금장치가 없는 낯선 숙소에서 자는 게 무섭지 않았다. 다음 날 아침에 일어나니 어젯밤에는 없던 고양이가 거실에서 자고 있었다. 오늘은 뭘 할까, 누워서 휴대폰으로 검색을 하기 시작했다. 3시에 좋아하는 작가님을 만나기로 한 일정 외에는 계획이 없었다. 일단 배가 고프니 밥을 먹기로 했다. 숙소에서 한 시간 거리에 비건 카페가 있었다. 좋아, 밥부터 먹고 생각하자.

느긋하게 아침을 먹고 커피를 마셨는데도 아직 3시까지는 한참 남아 있었다. 어제 렌터카 사장님이 함덕 해수욕장과 녹산로를 꼭 가 보라고 추천했던 게 생각났다. 거리상 그래도 가까운 함덕 해수욕장을 가 보기로 했다. 제주도까지 왔으니 유채꽃을 봐야지. 내비를 쳐 보니 함덕 해수욕장은 내가 머물렀던 숙소 쪽으로 다시 돌아가야 했다.

한곳에 머물며 휴식 겸 여행을 하고 싶었던 마음과는 다르게 나는 제주의 서쪽과 제주 시내를 몇 번씩 왔다 갔다 하며 바쁘게 움직였다. 일부러 찾아간 책방은 알고 보니 숙소 바로 옆에 있었다. 중간에 정한 일정이라, 마감 시간까지 못 갈까 봐 조바심을 내며 찾아간 책방이었다. 숙소 옆에 있다는 걸 미리 알았더라면 더 여유롭게 둘러볼 수 있었을 텐데. 나의 여행기를 들은 작가님도 "하루 만에 어디까지 갔다 온 거예요?"라며 놀라셨다. 역시 계획을 세워야 하나 보다. 그런데 이 생각, 지난 여행에서도 한 거 같은데.

이번 여행도 우당탕탕 내 멋대로였지만 아름다운 자연을 실컷 보고 각자의 개성이 뚜렷한 공간에서 받은 기분 좋은 자극 덕분에 마음이 한결 가벼워졌다. 갑자기 제주도행을 결심할 수 있었던 건 책방을 봐 준다고 자청해 준 친구와 내가 없어도 봄, 여름, 겨울이를 돌봐 줄 가족이 있어서 가능한 일이었다. 항상 고마운 나의 든든한 비빌 언덕들.

다음 날 아침 비행기라 2박 2일 짧은 여행이었지만 한동안 버틸 힘을 잔뜩 얻었다. 이제 다시 일상으로 돌아가 책방을 잘 운영하고 나에게 딸린 네 발 달린 식구들을 잘 돌볼 수 있을 것 같다.

자! 가 보자고!

때리지 않아도 폭력입니다

불편한 식사 자리에서의 대화 주제는 대부분 나의 식습관에 초점이 맞춰진다. 서로 할 말은 없는데 대화는 해야 하고 그럴 때 '비건'은 한동안 대화를 이어 나갈 수 있는 쉬운 소재가 된다. 궁금하지 않아도 질문 몇 개로 어색한 시간을 때울 수 있으니 얼마나 편리한 대화 주제인지!

얼마 전 지인과 지인의 남편과의 식사 자리도 그랬다. 우연히 만들어진 자리였다. 지인의 남편과 제대로 대화를 나누어 본 적은 그때가 처음이었다. 당연히 어색할 수밖에. 해도 되는 말, 안 해도 되는 말로 대화를 이어 나가다 대화거리가 떨어지자 자연스럽게 고기를 먹지 않는 나에게 질문이 쏟아졌다. 왜 고기를 안 먹게 되었는지, 언제부터 안 먹었는지, 중간에 먹고 싶은 적은 없었는지 같은 질문을 주고받다가 대화의 주제는 엉뚱하게도 개고기로 흘러갔다.

지인의 남편은 자신도 어렸을 때 개를 키웠다고 한다. 키우던 개가 실수로 자기 동생을 물었는데 화가 난 부모님이 개를 보신탕집에 팔아 버렸다고 했다. 그때의 충격으로 자신은 개고기를 먹지 않는다고. 이 이야기를 들은 나는 순식간에 굳어 버렸다. 어떤 표정을 지어야 할지, 무슨 말을 해야 할지 떠오르지 않았기 때문이다. 왜 이런 이야기를 나에게 하는 걸까? '개고기를 먹지 않는다니 잘하고 있네요'라는 말이 듣고 싶은 걸까? '저도 개고기 안 먹어요'라고 맞장구를 쳐야 했을까? '보신탕집에 팔려 간 개가 너무 불쌍해요'라고 동정해야 했나? 불편하기만 했으면 더 나았을 식사 자리가 개고기 이야기로 인해 불쾌하게 끝이 났다.

사람들은 나에게 개에 대한 이야기를 자주 한다. 자기 개가 귀엽고 사랑스러워 나에게 자랑하는 거라면 나도 땡큐다. 사진까지 보여 준다면 더할 나위 없다. 불행하게도, 많은 사람이 개에 얽힌 안 좋은 이야기를 자꾸 나에게 들려준다.

몇 년 전 지인의 소개로 소개팅을 나간 적이 있다. 대화를 하다 동물에 대한 이야기가 나왔다. 나는 동물을 굉장히 사랑하고 강아지 뚱이를 키우고 있다고 말했다. 그러자 상대방도 강아지를 키우고 있다고 했다(비호감이 호감으로 바뀔 뻔한 순간이었다). 정확하게 말하면 그가 키우는 강아지가 아니라 논농사를 지으시는 그의 부모님이 키우는 강아지라 했다. 어느 날 일손을 돕기 위해 논에 갔는데 자기를 못 알아본 부모님의 강아지가 그를 물었다고 했다. 너무 화가 나서 개를 발로 찼다고, 세게 찬 건 아니라고 웃으면서 이야기했다. 개를 때렸다는 말에 정내미가 떨어져서 서둘러 자리를 마무리하고 집으로 돌아왔다.

대부분 이런 식이다. 자신 혹은 다른 사람이 개를 학대한 이야기, 어떤 이유로 화가 나서 개장수에 팔아 버렸던 이야기, 심지어 개고기를 먹었던 경험까지! 이런 이야기를 듣는 건 고통스럽다. '개고기'라는 말을 듣거나 학대의 장면을 묘사하는 이야기를 듣는 순간, 나의 사고는 이야기를 듣는 것에서 멈추지 않기 때문이다.

뜬장에 갇힌 대농장의 개들, 잔인하게 개를 도살하는 도살업자들, 언젠가 재래시장에서 본 차곡차곡 포개져 진열되어 있던 개의 사체, 주인에게 학대당해 여기저기 상처투성이인 개들의 사진. 다양한 형태의 폭력과 학대가 하나하나 머릿속에 떠오른다. 공포 영화나 범죄 영화에서 잔인한 장면이 나오면 내가 당하는 것도 아닌데 고통이 느껴지는 것처럼 동물에 가해지는 학대에 대한 이야기를 들을 때도 마찬가지다.

물리적인 폭력만 폭력이 아니다. 내 앞에서 고기를 질겅질겅 씹어 먹으며 하는 이런 말들은 나를 실제로 때리는 것만큼이나 폭력적이다. 이런 폭력은 일상 곳곳에서 예고 없이 찾아온다.

팟캐스트 게스트로 전직 운동선수가 나왔다. 그는 평소에도 많이 먹기로 소문이 나 있었다. 아침으로 무엇을 먹었냐는 진행자의 질문에 그는 남의 살을 조금 맛보았다고 했다. 그러면서 얼마나 많이 먹었는지 자랑스레 이야기했고 한 사람이 먹은 것이라고 상상할 수 없는 어마어마한 양의 '남의 살'에 진행자들은 놀라면서도 웃음을 멈추지 않았다. 양은 그렇다 치고 굳이 '남의 살'이라는 표현을 썼어야 했을까.

동물의 뼈와 살을 분리하는 장면을 '해치쇼'라고 부르며 유머로 소비하고 '오늘 잡은 소', '갓 도축한 돼지'는 어김없이 신선하다는 자막이 달린다. 퀴즈를 맞히거나 미션을 수행하면 음식으로 보상하는 프로그램은 또 얼마나 많은지. 징그러운 음식을 못 먹는 출연자에게 '초딩 입맛'이라고 놀리는 얼토당토않은 무논리가 자연스럽거나, 먹기 싫은 음식을 강제로 먹이며 억지웃음을 짜내는 프로그램들은 얼마나 만연한지.

은퇴한 경주마가 드라마 촬영 중 사망한 지 얼마 되지 않았을 때, 또 다른 드라마에서는 길고양이를 잔인하게 학대하는 장면이 방송되었다. 낯선 장소에서 낯선 사람에게 목덜미를 잡힌 채 위협을 당하고 있는 고양이는 잔뜩 겁에 실린 표정이었다. 방송사에서 낸 사과문에는 '인도주의적 방식으로 훈련된' 고양이를 섭외해 '전문가의 입회하'에 진행하였다고 한다. 그들이 말하는 인도주의적 방식이란 게 도대체 뭘까? 인도주의적 방식이라는 말 자체가 너무 인간 중심적이지 않은가?

비건을 지향한 이후로 사회에서 나의 위치가 어디인지 확인하게 되었다. 나는 주류가 아닌 비주류였고 세상은 당연하게도 주류를 중심으로 돌아갔다. 대부분이 아닌 일부로 살아가는 사람들이 얼마나 많은 폭력에 노출되어 있는지 알게 되었다.

당연한 말이지만, 비건을 지향한다고 해서 폭력을 행사하지 않는 건 아니다. 필요에 의해서가 아니라 욕구에 의해서 구매하는 물건들, 질에 비해 월등히 저렴한 물건들 이면에는 노동력 착취라는 불편한 진실이 숨어 있다. 가성비를 따지며 검색에 검색을 통해 조금이라도 저렴한 물건을 구매할 때 누군가는 값싼 금액에 노동력을 제공하고 있고 다른 누군가는 그 돈으로 자신의 배를 불리고 있다.

같은 물건을 더 싼 가격에 구매하는 게 현명한 소비라고 생각했는데 아니었다. 사람과 자연에 해를 끼치지 않고 만들어진 물건을 필요한 만큼만 구매하는 게 진정으로 현명한 소비라는 걸 이제는 알겠다.

소비를 아예 안 할 순 없지만, 나의 돈이 흘러 흘러 마지막에 어디로 가는지, 누구의 주머니를 두둑하게 해 주는지, 어떤 기업을 지탱하는 힘이 되는지를 정확하게 인지하고 똑똑한 소비를 하고 싶다. 나의 작은 행동이 어떤 형태로든 착취에 가담하고 있다고 생각하면 물건을 구매하는 일, 콘텐츠를 소비하는 일, 식재료를 선택해 밥상에 요리를 올리는 일에 신중해지지 않을 수 없다. 우리는 다정하고 친절해지는 일을 선택할 수 있다.

죽어도 되는 동물은 없다

"왜 비건을 시작하게 된 거예요? 고기 아예 안 먹어요? 그럼 뭘 먹어요?"

식사 자리에서 친구의 남편이 쏟아지듯 질문을 퍼부었다. 진짜 궁금해서 물어보는 게 아니라는 걸 말투와 표정이 말해 주었다. 밥상을 차려 줄 것도 아니면서 뭘 먹는지 왜 궁금하냐고 묻고 싶은 마음을 꾹꾹 누르며 먹을 거 많다고 짧게 대답했다. 단답형으로 대답하는 건 더 이상 대화하기 싫다는 뜻이었는데…

"이건 먹어도 돼요? 계란도 안 먹어요? 이건 고기 아닌데?"

테이블 위에 놓인 반찬을 하나하나 집어 들며 물었다. 건강에 대한 염려는 덤이었다. 비건이라고 말하면 갑자기 쏠리는 시선과 질문. 모두가 내 젓가락 끝만 쳐다보는 느낌이 든다.

처음 비건을 시작할 땐 열정 넘치는 비건인이었다. 공장식 축산의 심각성과 인간이 동물에게 가하는 무자비한 폭력을 조금이라도 알리고 싶었다. 한 명이라도 비건에 관심을 가지고 지향하는 사람이 생긴다면 그것만으로도 의미 있다고 생각했다. 비슷한 질문이 반복되는 건 지치고 지겨웠지만, 그때는 내가 그들을 바꿀 수 있을 거라는 오만한 생각에 열심히 대답했다. 그러나 질문이 곧 긍정적인 관심인 것은 아니라는 사실을, 질문한다고 대답에 귀 기울이지는 않는다는 것을, 어떤 질문에는 조롱이 섞여 있다는 걸 알게 되기까지 그리 오래 걸리지 않았다.

지금은 나도 융통성이 생겨(좋은 건지는 모르겠지만) 적당히 대답하고 적당히 넘긴다. 한 가지, "이건 먹을 수 있어요?"라는 질문에는 대답하기 망설여진다. 주로 빵이나 해산물이 들어간 음식들인데 먹기도 하고 안 먹기도 하기 때문이다. "먹어요"라고 대답하면 그게 무슨 비건이냐는 소리를 들을 것 같고, "안 먹어요"라고 대답했다가 나중에 먹는 걸 들키기라도 한다면 안 먹는다더니 왜 먹고 있냐는 소리를 들을 것 같다. 내가 뭘 먹고 안 먹는지 지극히 개인적인 일을 다른 사람에게 설명해야 하는 것부터 즐겁지 않다.

인터넷에 '채식의 단계'라고 검색하면 무얼 먹고 안 먹는지에 따라 단계를 분류해 놓은 글들을 쉽게 찾을 수 있다. 처음엔 규정된 단계에 나를 구겨 넣으려고 했다. 이제는 그 강박에서 벗어나 상황에 따라 해산물 혹은 달걀과 우유가 들어간 음식을 먹기도 하지만, 먹지 않을 수 있다면 먹지 않는 쪽을 택한다. 채식의 단계에선 어떤 단계로도 나를 설명할 수 없다. 기본적으로 비건을 지향하지만 그렇지 못한 어쩔 수 없는 상황에서는 논비건이 되기도 한다. 이것은 규정된 단계를 지키는 것보다 '채식을 더 오래 지속해 나가는 일'에 나의 에너지를 쓰는 것이다.

가족이 있는 본가로 들어오고 난 후 봄, 여름이가 돌아가며 밥투정을 하기 시작했다. 처음엔 여름이가, 그다음엔 봄이가 어제까지도 먹던 사료를 갑자기 안 먹기 시작했다. 좋아하는 츄르를 사료 위에 뿌려 줘도 소용없었다. 급하게 반려동물용품점으로 갔다. 보통은 사료를 바꾸기 전에 온라인으로 샘플 사료를 주문해 기호성을 먼저 테스트한 후 선택하지만, 이번에는 여유가 없었다.

전에 먹었던 사료와 기호성이 좋다는 사료를 몇 개 고르고 간식도 골랐다. 하지만 사료와 간식에 들어간 성분을 보면서 알 수 없는 기분이 되었다. 비건을 지향한다고 하면서 동물과 물살이('물고기 대신 물살이', 동물해방물결은 일상 속 종 차별적 언어를 찾아내고 대안 표현을 제안하고 있다. 물속 살아 있는 존재를 인간의 먹거리로 대상화하여 물고기라 부르는 것에 대한 문제 제기)가 들어간 사료를 고르고 있는 내 모습이 모순된다고 느껴졌기 때문이다. 건조된 동물의 살점이 돌돌 말려 있거나 펼쳐진 채 투명한 비닐에 포장되어 진열되어 있는 것을 볼 때마다 괴로웠다.

당연히 내가 채식을 한다 해서 고양이와 강아지에게도 채식을 강요할 수는 없다. 인간과 함께 사는 이상 먹는 것, 사는 환경, 하나부터 열까지 인간에게 의지하고 영향을 받을 수밖에 없는 반려동물에게 나의 신념까지 강요하고 싶지 않다. 내가 괴로운 건 사료와 간식의 식재료로 사용된 동물들의 고통이 짐작되었기 때문이다. 나의 반려동물을 위해 다른 동물들을 희생시켜야 한다니. 정말 아이러니하다.

제주도에서 은퇴한 경주마들을 도축해서 반려동물 사료 공장을 만들 계획을 세웠다가 동물보호단체의 반발에 계획을 철회했다. 말의 평균 수명은 30년인데 두 살에서 다섯 살까지 경주마로 쉼 없이 달리게 하고 은퇴하면 유지비가 많이 든다는 이유로 도축해 버린다…. 철저히 인간의 즐거움을 위해 이용되다 쓸모가 없어지면 버려지는 삶. 세상에 어떤 생명도 그런 대우를 받아서는 안 된다.

음식물 쓰레기로 반려동물의 사료를 만든다는 기사도 봤다. 그 기사를 본 후 음식을 남기지 않기 위해 억지로 먹다가 탈이 난 적도 있다. 인간은 왜 이렇게 다양한 방법으로 비인간 동물을 괴롭히는 길까? 나의 반려동물들은 어떻게 만들어진 사료를 먹는 걸까? 나는 또 무엇을 먹는 걸까?

비인간 동물을 소비하고 먹는 것은 직접 도축하는 것은 아니므로 소극적인 형태의 폭력이라 생각했다. 그러나 그들의 고통을 모른 척하고 나의 소비로 인해 도축업자들이 부를 쌓고 그것이 더 많은 폭력을 불러온다면 어쩌면 적극적 가해자일지도 모르겠다.

이제는 그만하고 싶다. 소극적이든 적극적이든 비인간 동물에게 고통을 주지 않는 쪽이라면 언제라도 그편에 서 있겠다. 죽어도 되는 동물은 없다.

이보다 쉬울 순 없는 비건 떡국 레시피

자취하던 시절, 엄마는 혼자 사는 나에게 육수의 간편함을 찬양하며 시간 있을 때 한 솥 우려내서 냉동실에 보관하라고 말하곤 했다. 비건이 되고 나서는 대상이 육수에서 채수로 바뀌었다. 요즘엔 간편하게 팩으로 나와서 채소를 손질할 필요도 없고 뜨거운 물에 우리기만 하면 되는 제품도 많다던데 그마저도 왜 이렇게 귀찮은지. 엄마가 손수 챙겨 준 채수팩은 냉장고 한구석에서 자리만 차지하곤 했다.

혼자 책방을 운영하다 보면 저녁을 못 먹는 날이 많았다. 배달 음식은 혼자 먹기엔 너무 많은 양을 시켜야 하고 음식보다 더 많아 보이는 쓰레기들 때문에 마음이 불편해 웬만하면 시키지 않는다. 출근할 때 싸 온 도시락은 저녁이 되면 왜 그렇게 맛이 없어 보이는지. 먹는 날보다 다시 집으로 되가져 갈 때가 더 많다. 손님이 없어 잠시 저녁을 먹으러 나가면 꼭 그 시간에 손님이 온다. 그러다 보니 자연스럽게 저녁을 굶을 때가 많았다.

공복인 상태로 집에 가면 몸은 자극적인 음식을 원했다. 냉동실에는 산뜻하게 빨리 먹을 수 있는 비건 냉동식품이 차곡차곡 쌓여 갔다. 그러던 중 발견한 신세계! 나의 구원자! 연두! 연두는 콩 발효액으로 만든 맛간장 같은 거라고 보면 되는데 간이 안 맞는 어떤 음식에 넣어도 간이 되는 마법 같은 소스다. 보통 맛인 연두색 연두와 매운맛인 빨간색 연두만 있으면 다른 양념은 필요하지 않았다.

저녁을 굶고 퇴근했을 때 집에 가자마자 연두를 활용해 후루룩 만들어 먹을 수 있는, 이번 생에 요리는 나와 인연이 없다고 생각하는 나도 쉽게 만들 수 있는 메뉴는 바로 떡국이다. 냄비에 물을 담고 연두 두 큰술을 풀어 끓인다. 물이 끓는 동안 떡국에 넣을 재료를 손질한다. 얼린 떡은 미리 물에 불려 놓는다. 양파를 채 썰고 표고버섯은 손으로 투박하게 뜯어낸다. 물이 끓은 다음 양파, 버섯, 떡을 넣으면 세상 간단한 떡국이 된다. 여기에 비건 만두를 함께 넣으면 비건 떡만둣국!

혹시 간이 조금 심심하다면 비건 국간장을 살짝 넣으면 된다. 그렇다. 간장에도 비건이 있고 논비건이 있다. 생각보다 많은 식료품에 동물성 재료가 들어간다. 감자칩과 초코 과자에 쇠고기가 포함된 걸 알고 느꼈던 배신감. 쇠고기가 감자칩과 초코 과자에서 무슨 맛을 내는지 모르겠지만 대부분 빠지지 않고 들어 있다.

연두 다음으로 많이 사용하는 식재료는 두유다. 비건이 되기 전에는 두유를 쳐다보지도 않았던 나였는데 지금은 '두유 없인 못 살아, 정말 못 살아'가 되었다. 두유로도 떡국을 자주 만들어 먹었는데 물 대신 두유를 넣고 위의 방법을 그대로 적용하면 된다. 두유로 만든 떡국은 조금 더 진한 맛이 난다.

두유 크림 파스타도 많이 해 먹는다. 파스타 면을 삶는 동안 양파와 마늘을 올리브유에 볶는다. 면을 다 삶으면 면수를 팬에 붓고 면을 넣는다. 그리고 두유를 부어 주면 되는데 뉴트리셔널 이스트 파우더를 같이 넣어 주면 꾸덕꾸덕한 맛을 느낄 수 있다. 면 대신 밥을 넣으면 리소토로도 먹을 수 있다. 이때도 간이 맞지 않으면 연두를 넣으면 된다. 만능 해결사 연두.

논비건 레시피도 조금만 바꾸면 얼마든지 비건 음식으로 만들 수 있다. 예상하지 못한 식재료들이 동물성 재료를 대신하는 걸 발견하는 것도 즐거움 중 하나다. 나보다 먼저 비건의 길을 밟은 선배들이 무수히 많은 실험과 노력으로 만들어 낸 결과일 테다.

나는 고기의 맛이나 식감이 그립지 않아서 콩고기를 즐겨 먹지는 않지만 정 고기가 먹고 싶다면 대체육으로 만들어진 비건 음식들을 선택할 수 있다. 처음 먹어 봤던 콩고기는 다시는 먹고 싶지 않은 맛이있는데 최근 먹은 음식들은 혹시 실수로 진짜 고기를 넣은 게 아닐까 의심될 정도로 맛과 식감이 비슷했다. 논비건인 내 동생도 비건 음식이라고 말하지 않으면 모르겠다고 말할 정도였다.

"알면 못 먹어. 그러면 먹을 수 있는 거 하나도 없어."

논비건인 주변 사람들이 자주 하는 말이다. 맞다. 정말 알면 먹을 수 없다. 그런데 우리는 정말 모르고 있을까?

우리에겐 대체할 수 있는 음식이 너무나도 많다. 지금은 비건 간편식도 쉽게 구할 수 있다. 동물에게 고통을 주지 않고 미각을 충족시킬 수 있다면 굳이 동물성 재료가 들어간 음식을 먹지 않아도 되지 않을까? 오늘 저녁은 쉽고 간단한 비건 레시피로 만들어 먹는 건 어떨까? 하루만이라도 고통 없는 식사를 해 보는 건 어떨까?

더 잘해 주지 못해서

아침 6시. 알람이 울리지 않아도 저절로 눈이 떠지는… 건 아니고 이 시간이 되면 봄이가 나를 깨우기 시작한다. 처음에는 "냐" 하고 아주 짧게, 그래도 일어나지 않으면 "냐~~아" 하며 조금 더 길게 소리를 낸다. 눈을 뜨지 않아도 봄이가 쳐다보는 시선이 느껴진다. 이때 눈을 뜨면 코앞에 있는 봄이를 정면으로 보는 행복을 누릴 수 있다. 잠을 이기지 못해 끝까지 눈을 감고 있으면 참을 만큼 참은 봄이가 내 볼에 냥펀치를 날리기 시작한다. 그때는 무조건 일어나야 한다(아니면 3단계에 들어간다).

부스스하게 일어나 봄이가 이끄는 대로 따라간다. 처음엔 물그릇 앞. 물먹는 걸 옆에서 봐 줘야 한다. '찹찹찹찹'. 그다음은 밥그릇 앞. 헌 밥은 안 먹기 때문에 새 밥으로 바꾸어 준다. '오독오독'. 중간중간 '오구, 잘 먹네', '아이

고, 예뻐' 등의 추임새를 넣어 주며 다 먹을 때까지 기다
렸다가 운동복으로 갈아입는다.

예전 같으면 봄이가 밥을 다 먹으면 곧바로 침대로 갔
을 텐데, 지금은 아침에 해야 할 중요한 일이 있다. 본가
에 들어오고 나서 시작된 뚱이와 아침 산책이 그것이다.
문을 열고 나가면 뚱이가 펄쩍펄쩍 뛰면서 나를 반긴다.
매일 보는데도 저렇게 반가울까. 뚱이가 보내 주는 맹목적
인 사랑을 나도 온몸으로 기꺼이 받는다.

목줄을 풀어 주면 신나게 달려가 문 앞에서 나를 기다
린다. 리드줄로 바꿔 매고 똥 봉투와 간식을 챙겨 산책을
나간다. 뚱이가 가장 좋아하는 산책 코스는 초등학교 앞을
지나가는 길이다. 학교를 지나가다 보면 철망 울타리 사이
로 운동장이 보인다. 운이 좋으면 울타리 근처까지 굴러와
있는 축구공을 발견할 수도 있다. 돌담과 철망 사이에 코
를 박고 공을 찾는 모습이 귀여워 사진을 찍는다. 사람들
은 어느 날 갑자기 책봄 SNS에 등장한 뚱이의 존재를 귀
여워하면서도 궁금해했다.

"쌤 스토리에 올라오는 그 개는 누구예요?"

"뚱이예요. 엄마 집에서 키우는 강아지인데 제가 엄마
집에 들어가면서 같이 살게 됐어요."

"쌤 집에 고양이 있지 않아요? 고양이들이랑 괜찮아요?"

"아, 뚱이는 밖에…."

뚱이는 밖에서 산다고 말하는 내 목소리는 점점 기어들어 간다. 뚱이는 마당에 산다. 처음 우리 집에 왔을 때부터 지금까지 쭉 마당에서 살고 있다.

동생이 친구에게서 뚱이를 데려왔을 때, 그러니까 거의 7년 전, 우리 가족은 반려동물에 대한 상식이 전혀 없었다. 중대형견 크기의 개는 밖에서 살아야 하는 줄 알았다. 우리 집은 작지만, 마당이 있으니 아파트보다 좋은 환경이라고 생각했다. 부끄럽게도 봄이와 함께 살기 시작하면서 반려동물과 함께 사는 삶에 대해 공부를 시작했다. 고양이에 대해서는 하나도 몰랐지만, 개에 대해서는 조금 안다고 생각했는데, 개에 대해서도 아는 게 쥐뿔도 없었다.

털친구들은 털이 있어 겨울에도 춥지 않다고 알고 있었는데 전혀 사실이 아니었다. 인간보다 약간 체온이 높을 뿐 동물들도 똑같이 추위를 탄다고 했다. 사계절이 있는 우리나라의 기후는 계절의 변화를 볼 수 있어 좋지만, 밖에 사는 개들에게 여름은 너무 더웠고 겨울은 너무 추웠다. 개들은 밤이 되면 본능적으로 경계심이 높아진다고 했다. 뚱이가 마음 편하게 잔 날은 며칠이나 될까. 그제서야 나는 개의 눈높이로 세상을 바라보게 되었다.

책방에 몽실이가 놀러 왔다. 몽실이는 세연과 함께 사는

다리가 길고 사슴을 닮은 멋진 반려견이다. 덩치는 산만한데 아직도 자기가 애기인 줄 아는지 시도 때도 없이 자기 주인의 품으로 파고드는 모습이 미치도록 귀여웠다. 보통 개들은 새로운 사람한테 관심을 보이던데 몽실이에겐 엄마밖에 없었나. 나도 한 번만 안아 날라고 사정해도 엄마만 바라봤다. 놀 때도 엄마, 쉴 때도 엄마, 몽실이에겐 엄마가 최고였다.

3년 전쯤 세연에게서 연락이 왔었다. 강아지를 임보 중인데 주변에 키울 사람이 있는지 물었다. 세연에게는 아직 어린아이가 둘이 있고 집도 좁아서 키우기가 어려울 것 같다고 했다. 나도 알아보겠다고 말은 했지만 입양처를 구하는 일은 쉽지 않았다. 그 후로 얼마 후 세연의 SNS에 몽실이 사진이 올라오기 시작했다. 활짝 웃는 몽실이, 사고 치는 몽실이, 산책하는 몽실이. 사진에 담긴 몽실이는 엄청 행복해 보였다.

오랜만에 만난 세연은 그동안 있었던 일을 말해 주었다. 몽실이는 입양을 갔었다고 한다. 입양 후 1미터도 되지 않는 짧은 줄에 묶여 살면서 산책도 제대로 하지 못한다는 걸 알게 되어 세연이 데려오기로 결심했고 그렇게 몽실이는 다시 세연의 품에 오게 되었다. 나는 몽실이가 행복해 보인다고 말했고, 진심이었다. 무엇보다 몽실이 덕분에 세연도 행복해 보였다. 몽실이 이야기를 하는 세연의 얼굴에는 웃음이 끊이지 않았다.

"몽실이 사료 뭐 먹어요? 털에 윤기가 자르르르 흐르는데?"

"좋은 건 못 먹이고…"

"몽실이 하네스는 어디 거예요? 좋아 보인다. 우리 뚱이 하네스도 바꿔야겠다."

"비싼 건 아니고…"

주변에 뚱이 정도의 중형견을 키우는 사람이 없어서 정보를 공유할 사람이 없었는데 비슷한 사이즈의 털친구를 만나자 평소 궁금했던 것을 이것저것 물어봤다. 내가 보기에 세연은 몽실이에게 충분히 잘해 주고 있었지만 '좋은 건 아니고', '비싼 건 아니고'라고 말하는 세연의 목소리에는 더 좋은 걸 해 주지 못해 미안한 마음이 잔뜩 묻어났다. 무슨 마음인지 알 것 같았다.

나도 7년 전이 아니라 지금 뚱이를 데려왔다면 어땠을까 자주 생각한다. 집 밖에서 살아야 하는 개는 없다는 걸 그때 알았더라면 뚱이의 밤은 조금 더 편안하고 겨울은 조금 더 따뜻했을까. 주는 사랑보다 받는 사랑이 훨씬 큰 비인간 동물과 인간의 관계에서 내가 해 줄 수 있는 게 뭐가 있을까 고민한다.

더 자주 너의 눈으로 세상을 바라보겠다고 약속한다. 내가 너에게 최고이듯 나는 너에게 최선을 다하겠다고, 좋아하는 아침 냄새를 실컷 맡으며 발맞춰, 함께, 오래 걷자고, 편안한 밤은 아니더라도 신나는 아침은 선물해 주겠다고 뚱이에게 하는 말인지 나에게 하는 말인지 모를 말들을 되뇌었다.

책봄은 사랑을 싣고

대구에서 열린 북페어에 참가했을 때의 일이다.

"어! 책봄이다!"

연인으로 보이는 남성과 여성분이 알은척을 하며 다가왔다. 낯이 익은 것 같기도 하고 아닌 것 같기도 하고…

"저희 책봄에서 첫 데이트 하고 사귀기 시작했어요!"

"네에????"

책봄에 와 본 적 있는 손님일 거라 예상은 했지만 책봄에서 첫 데이트라니? 그분들은 검색으로 책봄을 알게 되었고 첫 데이트 장소를 책봄으로 정했다고 했다. 그때 이후로 지금도 잘 만나고 있다고. 대구에도 멋진 책방이 많은데 구미에 있는 작은 책방을 첫 데이트 장소로 선택하다니. 내가 주선한 만남도 아닌데 내 덕에 잘된 것 같은 뿌듯한 기분이 들었다. 이런 걸 날로 먹는다고 하나 보다.

201

생각해 보니 책방은 만남의 광장이다. 몇 달 전 연주가 청첩장을 들고 왔다. 창수와 결혼을 한다고 했다. 연주와 창수는 지하 책방부터 함께해 온 독서모임 멤버. 둘이 함께 참석했던 적은 없었다. 연주가 독서모임에 참석할 땐 창수가 없었고, 창수가 참석할 땐 연주가 없었다.

그러다 둘이 만나게 된 계기가 있다. 코로나가 시작되기 전 일 년에 한두 번씩 함께 여행을 가는 '책봄투어'가 있었다. 책봄투어는 '책'과 '여행'을 주제로 한 여행모임, 한마디로 노는 모임이다. 다른 지역 책방을 방문하거나 독서모임에서 읽은 책과 관련된 지역을 여행했다. 『내가 사랑한 백제』라는 책으로 독서모임을 했을 땐 부여와 공주로 투어를 떠나 책에서 읽었던 유물과 유적지를 실제로 보고 왔다. 여름엔 서핑을 하러 바다로, 웨이크 보드를 타러 저수지로 갔고 부산에서 열린 독립출판 북페어에 함께 가서 다양한 독립출판의 세계를 경험하고 왔다.

코로나 시작 전 마지막 책봄투어였던 경주 여행에서 연주와 창수는 처음 만났다. 사진 찍는 일이 직업인 연주가 그날 우리의 사진을 담당했는데 창수가 연주에게 사진 찍는 법을 알려 달라는 핑계로 먼저 연락을 했다고 한다. 후에 둘은 연인이 되어 독서모임에 함께 참가하면서 나에게 들킬까 봐 늘 조마조마했다고 한다. 모임 내에서 연애 금지인 줄 알고 있었다고. 네에? 제가 B사감도 아니고… 마음껏 사랑하세요…!

언젠가 책봄 계정으로 메시지가 온 적이 있다.

'돈 없는 30대 늙은 남자입니다. 독서모임에서 매칭 좀 시켜 주세요.'

모임에는 최대한 다양한 사람이 왔으면 좋겠다고 생각했다. 다양한 연령대의 사람들과 성별 관계없이 고루 섞여 자유롭게 토론하는 모임. 이상적인 모임의 방향이었다. 실제로 고등학생인 참가자와 50대인 참가자가 같은 모임에 참여해 즐겁게 토론한 적도 있다. 인스타그램에서 메시지를 보내는 법을 모르겠다며 개인 연락처를 묻는 사람들에게 스스럼없이 알려 주기도 했다.

그런데 그 메시지를 받고 난 후로는 모임 신청은 인스타그램 메시지로만 받고 신청한 분의 계정에 들어가서 어떤 사람인지 꼭 확인해 본다. 인스타그램 게시물로 사람을 판단할 순 없지만, 아예 모르는 상태로 만나는 것보단 안심이 되었다.

모임에서는 자기소개를 하지 않는다. 자기소개를 하지 않아도 독서모임을 하는 데 아무런 지장이 없다. 모임을 진행하다 보면 자연스럽게 서로에 대해 알게 되기 마련이지만, 사적인 정보를 노출하는 일을 최소한으로 하자는 게 내가 정한 책방 모임의 규칙이다.

이런 이야기를 모임에서 한 적이 있는데 그걸 들은 연주와 창수는 '모임 내 연애 금지'라고 생각했다고 한다. 물론 남에게 폐 끼치기 싫어하는 연주가 자신들 때문에 모임 분위기가 어색해질까 걱정돼 숨겼던 것도 있다. 연주와 창수는 독서모임 1호 커플이 되어 결혼까지 했다. 나에게 그 공을 돌려 결혼식 주례를 부탁하려고 했다는데 나중에 이 이야기를 듣고 부탁하지 않아 줘서 얼마나 고맙던지. 아무리 날로 먹기 좋아하는 나지만 주례라니. 그 정도는 아니거든요.

또 다른 커플 지영과 대영도 있다. 둘도 책봄 모임에서 만났다. 대영은 지영이 진행하는 모임의 참가자 중 한 명이었다. 이 두 사람의 연애 소식은, 둘의 연애가 시작된 지 약 3년 뒤에 알게 되었는데 나에게는 큰 충격이었다. 그 당시 지영을 거의 매일 만났고 둘이 함께 있는 것도 여러 번 봤는데⋯ 전혀 눈치채지 못했기 때문이다. 둘은 연애 사실을 나에게 말하지도 않았지만 숨기지도 않았다. 그냥 내가 눈치가 없었다.

인권에 관심이 많은 지영과 대영은 대구에서 열리는 인권 관련 워크숍에 자주 참석했다. 대영의 차를 타고 대구에 간다는 이야기를 듣고 '둘이 별로 친하지도 않은데 대구까지 같이 가려면 불편하겠다'고 쓸데없는 걱정을 하기도 했다. 나중에 알고 보니 그때가 연애 초기라 둘이 꽁냥꽁냥 아주 즐겁게 잘 다녀왔다고 한다.

책방 옆에 점집이 생긴 이후로 막연하게 이 자리에 좋은 기운이 흐른다고 믿고 있다. 어쩌면 사랑의 기운이 흐르는 것 같기도 하다. 우정도 사랑도 책방에서 마구마구 샘솟았으면 좋겠다. 책방의 책들도 기운을 받아 더 많이 사랑받는다면 더는 바랄 것이 없겠다. 우리가 모두 좋은 날로 가길.

구미 사람입니다

"구미 사람이세요?"

책방에 오시는 손님들이 가끔 내게 묻는다. 그럴 때마다 나는 머뭇거리며 "아… 저… 태어난 건 서울인데…" 여기까지 이야기하면 대부분 '역시, 그럴 줄 알았어.' 하는 표정을 짓는다.

나는 구미 사람이 맞다. 태어나서 처음으로 인정한다. 서울에서 태어나 초등학생 때 구미로 이사를 왔다. 인생의 대부분을 구미에서 살았지만 구미 사람인 걸 부정하며 살았다. 생각해 보면 나는 항상 어디론가 떠나고 싶어 했다. 초등학교 때는 미국으로 이민 가는 게 꿈이었다. 그때는 동네마다 비디오테이프 대여점이 있었다. 내 또래 미국인 아역 배우가 나오는 비디오테이프를 빌려서 반납일까지 열 번도 넘게 돌려 본 적이 있다. 그 아역 배우에 나를 투영하며 미국에서의 내 삶을 꿈꿨다. 그때부터 영어를 좋아했다.

그러다 농구 선수 우지원을 좋아하게 되었고 내 마음속 목적지는 미국에서 서울로 바뀌었다. 고등학생 때는 전학이 가고 싶었다. 3년 내내 전학 보내 달라고 부모님과 선생님을 괴롭혔다. 졸업 후 학교에 다시 찾아갔을 때 과학 선생님이 날 보시더니 "니 아직 전학 안 갔나?"라고 놀릴 정도였다. 전학의 꿈은 대학생 때 이루었다. 입학한 대학을 2년간 다닌 후 다른 학교로 편입했다.

호주로 워킹홀리데이를 갔을 땐 호주에 살고 싶었다. 이민이 가능한 취업비자가 있었는데 운 좋게도 내가 가진 조건이면 가능했다. 그러나 4천만 원이 있어야 했고, 비자도 실패하고 취업도 실패했을 때 구미로 돌아왔다.

정착할 마음은 없었다. 서른 살이 되면 캐나다에서, 백번 양보해도 서울에서 살겠다는 목표가 있었기 때문에 나에게 구미는 잠시 머무르는 곳이었다. 그 후로도 10년이 지나고 마흔 살이 되었지만 나는 여전히 구미에 살고 있다. 30년을 살고 나서야 구미를 '내가 사는 곳'이라고 여기게 되었다.

그렇게 된 데에는 책봄의 영향이 크다. 책봄을 운영하면서 구미를 사랑하게 되었다. 그렇다고 그 전에 구미를 딱히 싫어한 건 아니지만. 친척들도 모두 다른 지역에 살고 있고 기성세대를 꺼리며 학창 시절을 보냈기 때문에 어른들과 접촉도 별로 없어 구미가 보수적인 지역이라는 것도 몰랐다. 최근에 여러 책에서 대구와 구미를 보수의 끝 정도로 언급하는 걸 보고 내가 이런 동네에서 자라 왔다는 걸 알았다.

그만큼 애초에 관심이 없었기 때문에 구미가 아름다운 도시라고 생각해 본 적도 없었다. 처음 책봄을 오픈했을 때 책봄은 '산책길 31'에 있었다. 책방 앞에는 말 그대로 산책길이 있고 사계절 내내 사람들은 그 길을 산책했다. 봄에는 벚꽃이 아름답게 피었다. 애써 벚꽃을 보러 찾아오는 사람들도 있는데 나는 출근을 하면 그 풍경을 매일 볼 수 있으니 얼마나 좋았는지 모른다. 지하 책방에서 지금의 책방으로 이사할 때 책방 주소에서 '산책길'이 빠지게 된다는 사실이 내심 서운했다. 입고를 받을 때 주소를 알려주면 '어쩜 책봄은 위치도 산책길에 있나요?'라는 작가님들의 말에 은근 기분이 좋았기 때문이다. 모든 것이 운명 같았다. 산책길에 위치한 작은 책방 책봄. 지금도 '금오산로'에 있어 주소에 '산'이 들어가긴 하지만 '산책길'만큼 낭만적이진 않다.

산책길을 따라 쭉 올라가면 호수를 감싸는 둘레길이 있고 그 위로 조금 더 올라가면 금오산이 나온다. 지금까지

금오산에 오른 것 중에 절반 이상은 책방을 하고 난 후 다녀온 것이다. 그 전에 금오산은 학교 소풍 때나 갔던 곳, 가기 싫은데 억지로 가야 하는 곳이었다. 당연히 풍경이 눈에 들어올 리가 없었다. 그런데 어른이 되고 나서 마주한 금오산은 정말 아름다웠다. 어렸을 때는 몰랐는데 나이가 들면서 자연이 가까이 있다는 사실이 정말 큰 행운이라는 걸 자주 느낀다. 지금의 나는 금오산에 기꺼이 오른다.

책방을 하면서 종종 인터뷰할 기회가 생겼다. 그때마다 듣는 질문이 있다. "어떻게 구미에 책방을 할 생각을 하셨나요?" '책방을 하다'가 아니라 '구미'에 방점이 찍힌 질문이다. 지원사업 신청서를 쓰다 보면 책방을 어필하기 위해 '문화 불모지'라는 표현을 자주 쓴다. 나 역시도 그랬다. 문화 불모지인 구미의 문화산업 육성에 이바지하고자… 어쩌고저쩌고. 문화 불모지라는 표현은 슬프지만, 과장이 아니었다. 책봄이 생기기 전 구미에는 서점이 하나도 없었다. 그래서 더욱더 구미에서 책방을 한다는 사실이 주목을 받았다. 있던 서점도 사라지는 판에 책방이라니… 그것도 독립서점을.

어떻게 구미에 책방을 할 생각을 했냐는 질문 뒤에는 보통 이런 질문이 이어진다. "구미 사람들 책 많이 안 읽지 않나요?" 구미에 책 사는 사람이 없는데 책방 운영이 어렵지 않으냐는 질문이다. 내 대답은 항상 똑같다.

"아니요. 구미 사람들 책 많이 읽어요."

사실이다. 구미 사람들은 책을 많이 읽는다. 내가 책을 팔아서 먹고살고 있는 것만 봐도 알 수 있다. 물론 월세 내고 작가님께 책값을 정산하고 나면 남는 건 별로 없지만, 하루 세 번, 밥 잘 챙겨 먹고 책방에 오는 길냥이들에게 기쁘게 사료 한 그릇 내어 줄 수 있으니 이 정도면 됐다.

독서모임을 진행하면 구미 사람들이 이런 모임에 얼마나 목말라 있는지 느끼게 된다. 그동안 없어서 즐기지 못했을 뿐이다. 나에게는 이루고 싶은 목표가 있다. 구미를 오고 싶은 도시로 만드는 것이다. 정확하게는 책봄 때문에 구미에 오고 싶게 만들고 싶다. 다시 오고 싶은 책방, 책봄. 다시 오고 싶은 구미. 더 이상 떠나고 싶은 생각이 들지 않도록, 나의 도시 구미에서 내가 사랑하는 일을 오래오래 하고 싶다. 나는 구미에서 살아가고 있다.

작지만 유의미한 변화

한때 나는 온라인 쇼핑 중독이었다. 하도 택배를 많이 시켜서 우리 동네에 무슨 택배가 몇 시쯤 오는지 꿰뚫고 있었고 오늘 꼭 받아야 하는데(꼭 받아야 하는 이유는 없다. 꼭 받고 싶은 마음만 있을 뿐) 시간이 안 맞으면 택배 기사님이 있는 곳까지 찾아가서 택배를 받아 오곤 했다.

지금은 온라인 쇼핑 횟수를 많이 줄였다. 온라인에서만 구매할 수 있는 물건이 아니라면 되도록 오프라인 매장을 이용하려 한다. 온라인 쇼핑을 줄이게 된 데에는 너무 많이 쏟아지는 정보에 대한 피로감도 있었지만, 책방의 영향도 컸다. 책방으로 배달되는 택배 상자를 정리하다 보면 상자 하나에서 얼마나 많은 쓰레기가 발생하는지 여실히 알게 된다.

테이프와 송장 스티커만 해도 엄청나고 부수적인 쓰레

기도 정말 많이 나온다. 내가 가장 싫어하는 쓰레기는 노끈과 뽁뽁이(에어캡)다. 배본사에서는 노란 노끈을 사용해 택배를 보내 준다. 튼튼해서 이동 중 상자가 터질 위험은 적을지 모르지만, 꼭 재활용이 될 것처럼 생겨서는 재활용이 안 된다는 점이 마음을 불편하게 만든다.

뽁뽁이 역시 마찬가지다. 요즘에는 옥수수 전분으로 만든 친환경 완충재나 종이로 만든 완충재를 사용해서 보내 주시는 분도 많아졌지만, 여전히 비닐 완충재 사용이 가장 많다. 재활용보다는 재사용이 환경을 위해 더 낫다고 해서 상태가 좋은 뽁뽁이와 종이 상자는 버리지 않고 모아 둔다. 하지만 사용하는 속도보다 모이는 속도가 훨씬 빠르고 언제까지 모아 두기만 할 순 없어서 골칫거리다.

버리기도 뭐하고 계속 가지고 있기도 뭐해서 골머리를 앓던 중 요조 작가님 SNS에 게시물이 하나 올라왔다. 지역에 따라 다르겠지만 뽁뽁이를 받는 우체국이 있으니 차곡차곡 모아서 갖다주라는 내용이었다. 세상에나! 맞아! 우체국에는 뽁뽁이가 필요한 사람이 많지! 왜 이 생각을 못 했을까? 책방에서 가장 가까운 우체국에 전화를 걸었다. 구미 우체국에서도 뽁뽁이를 받는다는 답변을 받았다. 그동안 책방 한쪽에 가득 쌓아 두었던 뽁뽁이를 우체국에 갖다주었다. 이제 뽁뽁이 걱정은 안녕이다!

홀가분한 마음으로 구미 우체국에서 뽁뽁이를 받으니 구미에 사는 분들은 잘 모아서 갖다주면 된다는 내용의 게시물을 SNS에 올렸다. 하나둘 댓글이 달렸다. 멋지다고 이야기해 주는 분들도 감사하지만 '좋은 정보다, 나도 갖다주겠다'는 댓글들이 참 반가웠다. SNS에 굳이 이런 게시물을 올리는 건 누군가 내 피드를 보고 나와 함께 행동해 줬으면 좋겠다는 바람이 담겨 있다. 내가 요조 작가님처럼 영향력이 큰 사람은 아니지만 적어도 내 주변 사람들에게만은 소소하지만, 환경에 이로운 정보들을 알리는 사람이 되고 싶은 욕심이 있기 때문이다.

[문 앞의 봄]은 그런 마음으로 시작되었다. [문 앞의 봄]은 환경, 동물, 사람에 관한 책을 돌아가면서 매달 1권씩 보내 주는 책봄 정기 구독 서비스다. 서비스를 신청하면 매달 배송 받은 책으로 진행하는 온라인 독서모임에 참여할 수 있다. 처음 이 서비스를 시작할 때 걱정과 두려움이 컸다. 나보다 이 주제에 대해 더 관심이 있고, 더 잘 아는 사람들이 분명히 많을 텐데 이런 내가 이런 서비스를 돈을 받고 운영해도 될까? 내가 알고 실천하는 건 티끌인데 나의 얕은 지식과 알고 보면 별거 없는 실상에 구독자분들이 실망하면 어쩌나 두려웠다.

그래도 함께 알아 가자는 마음으로 용기를 냈다. 구독

서비스 첫 달에는 환경에 관한 책을 보냈고 동물에 관한 책을 보내야 할 두 번째 달이 왔다. 구독 서비스뿐만 아니라 다른 독서모임에서도 동물에 관한 책을 선정할 때는 고민을 많이 하게 된다. 동물에 관한 책은 육식의 폭력성을 다루는 책이 많은데 모임을 진행하는 내가 비건 지향인이다 보니 자칫하면 누군가에게 비건을 강요하거나 죄책감을 심어 주게 될지도 모른다는 걱정 때문이다.

『동물과 함께하는 삶』은 동물 착취나 학대에 관한 책을 읽어 본 적이 없다면 비교적 쉽게 입문할 수 있는 책이라 생각되어 첫 동물 책으로 선정했다. 온라인 독서모임 날, 참가자 중 두 분이 앞으로 육식을 하지 않겠다고 선언했다. 가족 구성원 모두에게 비건을 하라고 할 순 없지만 적어도 자신을 위한 식사는 비건 식재료를 사용하겠다고. 다른 참가자분도 육식을 끊을 순 없지만 줄여 보고 싶다고 했다. 책에 비건을 강요하는 내용은 없었지만, 그동안 무관심으로 동조한 동물에 대한 착취와 폭력을 더 이상 계속하고 싶지 않다고 했다.

한 사람, 두 사람의 변화는 지구 전체로 봤을 때 미미한 변화일지도 모르겠다. 그러나 이런 작은 변화가 모이면 큰 힘이 된다는 걸 우리는 알고 있다. 매일유업은 소비자들이 음료에 붙은 플라스틱 빨대를 모아 돌려보내자 그에 대한 화답으로 여러 제품에서 빨대를 없애고 있다. CJ제일제당은 아무도 왜 있는지 몰랐던 스팸의 노란 뚜껑을 없앤 상품을 한정판으로나마 선보인 바 있다.

기업은 소비자의 영향을 받는다. 많이 말하고 여러 사람이 말할수록 처음엔 작았던 목소리에 점점 힘이 실린다. 매달 환경, 동물, 사람에 관한 책을 읽으면서 느끼는 건 생각보다 서로가 긴밀하게 연결되어 있다는 것이다. 환경 책에서 동물에 대한 이야기가 나온다. 동물 책에서 사람에 관한 이야기가 나온다. 사람 책에서 환경과 동물에 관한 이야기가 나온다. 지구는 사람이 없어도 살 수 있지만 사람은 지구와 동물이 없다면 살 수 없다. 당연한 사실인데 자주 잊는다. 편리함과 익숙해진 습관에 자꾸 타협하게 된다. 비닐과 플라스틱을 잔뜩 먹고 죽어 있는 동물들 사체를 보면 무력함에 빠지고 그만두고 싶어지지만 그럴 때일수록 내가 할 수 있는 일이 무엇인지 생각한다.

어제는 내가 심은 루콜라와 상추를 처음으로 수확해서 먹었다. 아직도 식재료의 많은 부분을 마트에 의존하며 살고 있지만 장보기 목록에서 두 개가 줄었다. 미약하지만 어제도, 오늘도 나는 조금씩 변하고 있다.

우리는 서로의 숨통

'저 책방은 책을 정말 잘 파네.'

'저런 워크숍은 어떻게 생각해 내는 걸까? 아이디어 정말 좋다.'

비교는 자신을 깎아 먹는 일이란 걸 알면서도 자존감이 바닥을 치는 날이면 다른 책방과 책봄을 비교하며 스스로를 괴롭혔다. 규모가 큰 책방은 규모가 커서 잘되는 것 같고, 유명한 사람이 운영하는 책방은 유명한 사람이 하니까 잘되는 것 같고, 관광지에 있는 책방은 관광지에 있어서 잘되는 것 같고. 사람들이 좋아하는 데는 다 이유가 있고 겉으로 보이는 좋은 모습 이면에는 힘든 점도 있다는 걸 알고 있지만 내가 가지지 못한 그들의 조건이 가끔은 너무나 빛나 보여 질투가 나는 건 어쩔 수 없었다.

그럴 땐 내가 잘하고 있다는 확신이 필요하다. 책봄을

좋아해 주는 사람들의 관심, 응원, 사랑의 흔적을 찾는다.

"안녕하세요, 저 기억하세요?"

기억할 수밖에 없는 손님이 들어오며 인사를 한다. M이었다. 자주 오지 않아도 기억에 남는 손님이 있다. 자주 오지 않아도 단골이라고 부르고 싶은 손님이 있다. M이 그렇다. 2년 전 처음 책방을 찾아온 M은 경기도에 살고 있고 구미는 그녀의 고향이다. 우연히 검색을 하다 책봄을 알게 되었고 부모님을 뵈러 오는 길에 책방을 찾아왔다. M은 남편과 아이가 자신을 기다리고 있어 시간이 별로 없다며 책 추천을 부탁했다. 직업에 관한 책을 추천해 달라는 M에게 두세 권의 책을 추천해 주었다.

며칠 뒤 M은 나에게 장문의 메시지를 보내왔다. 추천해 준 책들 모두 재미있게 읽었고 고향에 이런 책방이 있다는 게 너무 좋다는 내용이었다. 그 후에도 M은 구미에 올 때마다 책방에 들렀다. 올 때마다 시간이 없었고 올 때마다 추천해 준 책을 사 갔다. 책을 읽고 나서는 항상 잘 읽었다는 피드백을 해 줬다. 고향에 왔을 때 마음 둘 곳이 있어 고맙다는 이야기도 덧붙였다.

M이 다녀가고 나서 생각했다. M에게 책봄은 어떤 곳일까? 일 년에 자주 와도 두세 번이 전부일 텐데, 길어야 10분 정도 머무르고 가는 책방에서 어떤 위안을 얻어 가는

것일까? 잠시나마 현생을 잊고 숨통을 트이게 하는 공간일까? 나에게도 그런 공간이 있다. 어디론가 훌쩍 떠나고 싶을 때, 지금으로부터 도망치고 싶을 때 제일 먼저 생각나는 곳, 그곳이 있다는 생각만으로도 마음의 안정을 찾게 되는 그런 곳 말이나. 욕심일지 모르겠지만 M에게도 책봄이 그런 공간이었으면 좋겠다.

M처럼 책방을 응원하는 마음을 소리 내어 표현하는 분도 있고 A처럼 조용히 응원해 주는 분도 있다. A도 책봄의 단골손님이다. 그러나 나는 A와 대화를 나누어 본 적은 한 번도 없다. A가 오면 나는 조금 더 밝게 인사를 하는 것으로 알은척을 대신한다. "어서 오세요" 인사를 하면서 지난번에 사 간 책은 재미있었냐고 묻고 싶은 마음을 참는다. 지금까지 먼저 말을 붙이지 않는 건 다 이유가 있을 거란 생각에서다. 어느 날 A는 책을 사서 나가다 말고 다시 돌아와서 나에게 작은 봉투를 건넸다. A가 직접 찍은 책방 사진과 짧은 메모였다.

'책봄… 올 때마다 마음이 몽글몽글 따뜻해져요.'

A의 시선으로 바라본 책봄은 따뜻하고 포근했다. 덕분에 내 마음이 더 몽글몽글해졌다. 그냥 가려다 돌아서서 사진을 건네기까지 얼마간의 용기가 필요했을 거란 생각에 더 고마운 마음이 들었다. A가 찍어 준 사진은 몇 년

이 지난 지금도 책방 한쪽에 붙어 있다.

2021년 9월 18일. 이날은 책봄이 오픈한 지 딱 5년이 되는 날이다. 기념일 챙기기를 좋아하는데 이상하게 책방 기념일은 매년 그냥 지나갔다. 당일까지 까먹고 있다가 퇴근할 때쯤 갑자기 생각나 SNS에 소식을 알린 적도 있다. 이번에는 그냥 지나가고 싶지 않았다. 5라는 숫자가 딱히 의미 있는 숫자는 아니었지만 5년이란 시간을 잘 견뎌 준 내가 대견하고 기특해서 스스로를 축하하고 싶었다. 책봄을 응원해 주는 분들께도 고마움을 표현하고 싶었다.

책봄이 처음 생겼을 때부터 지금까지 꾸준히 지켜봐 주신 분들, 지하에서 1층으로 이사했을 때 내 일처럼 기뻐해 주시던 분들, 지금은 더 이상 책봄에 오지 않으시지만, 한때는 책봄을 열심히 응원해 주시던 분들. 책봄을 스쳐 간 모든 인연이 소중하고 그분들 덕분에 5년이란 시간을 버틸 수 있었다. 5주년을 기념해서 떡을 주문했다. 축하하러 와 주신 분들과 함께 떡을 나누어 먹었다. 이번에도 주는 마음보다 받는 마음이 더 컸다. 아마 책봄이 받은 사랑은 평생 갚지 못할 것 같다.

앞으로 몇 번의 기념일을 더 축하하게 될지 모르겠다. 그러는 동안 또 다른 책방과 책봄을 비교하며 스스로를 갉아먹는 날들이 여러 번 찾아올 것이다. 그럴 때마다 응원의 조각들을 야금야금 꺼내 보려 한다. 서로가 서로에게 힘이 되어 주던 순간을 오래 기억할 것이다.

작가의 말

얼마 전 친구들과 부산을 다녀왔다. 비건 음식을 파는 식당에서 저녁을 먹었는데 음식도 맛있었지만, 그 공간에 있는 내내 환영받는 느낌이 들어 기분이 좋았다. 사장님이 내어 준 음식을 맛있게 먹고 나오면서 문득 이런 생각이 들었다. '다음에 왔을 때도 이 식당이 여기 있었으면 좋겠다.' 비록 한 번 다녀온 게 다지만 다시 부산에 왔을 때 이 식당이 없어졌다면 조금 슬플 것 같았다.

책방을 운영한 지 5년이 지났다. 와! 이렇게 오래 할 줄이야. 책방이 있는 골목에는 책봄처럼 작은 가게들이 생겼다가 없어지기를 반복하고 있다. 옆집만 해도 처음엔 카페였다가 이 책을 쓰고 있을 땐 젬집이었다가 지금은 술집으로 바뀌었다. 모두 3년 안에 일어난 일이다. 공간을 지킨다는 게 얼마나 힘든 일인지 골목 곳곳에 공사 중인 건물들을 보며 다시 한번 느낀다. 그런 의미에서 각자의 자리에서 자신의 일을, 자신의 공간을 묵묵하게 지키고 계신 분들께 존경의 마음을 담아 박수를 보내고 싶다.

책봄이라는 공간에 대해 자주 생각한다. 어떤 공간이고 싶은지, 어떤 공간으로 받아들여지고 있는지에 대해. 부산의 한 식당에서 내가 느꼈던 것처럼 책봄에 머무르는 동안 환영받는다는 느낌을 받았으면 좋겠다고 생각해 본다. 재미난 책이 많은 곳이라 여겨져도 좋을 것 같다. 안전하고 편한 공간도 마음에 든다. 어떻게 느끼든 책봄은 항상 이곳에 있을 테니 각자의 방식으로 마음껏 즐길 수 있는 공간이 되기를 바라본다.

책봄을 운영하는 동안 많은 분들의 도움을 받았다. 염치 없게도 주는 도움을 넙죽넙죽 받다 보니 어느새 이만큼 왔다. 여기에 다 적을 수 없을 만큼 고마운 분들이 많다. 책을 쓰는 동안 떠나간 인연도, 여전한 인연도, 새로운 인연도 많이 생겼다. 어떤 인연이든 책봄에서 함께한 모든 분께 그저 감사할 뿐이다.

처음 책을 내 보자는 제안을 받았을 때 1초의 망설임도 없이 거절했다. 쓰는 사람이 아닌 읽고 파는 사람이라는 정체성이 분명했기 때문이다. 비슷한 종류의 글이 넘쳐나는데 굳이 나까지 말을 얹을 필요가 있을까. 그렇지만 책봄만의 이야기가 있을 거라는 친구들과 편집자님의 응원 덕분에 뭐라도 써 볼 용기가 생겼다.

덕분에 책봄의 5년을 되돌아보았고 덕분에 고마운 사람들을 떠올려 보았다. 이 책은 작은 책방의 5년간의 기록이자 자주 실패하는 비건 지향인의 투덜거림, 동물을 사랑하는 한 인간의 동물 사랑 이야기이다. 동네의 작은 책방 구석에서라도 이 책이 발견되어 읽힌다면 더할 나위 없이 기쁠 것 같다.

2022년 10월
최현주

오늘도 자리를 내어 줍니다

1판 1쇄 인쇄 2022년 10월 24일
1판 1쇄 발행 2022년 10월 31일

지은이 · 최현주
발행인 · 주연지

편집인 · 석창진 **편집** · 최소라
디자인 · 김지영 **일러스트** · 백진연 이찬영
마케팅 · 허은정

펴낸곳 · 몽실북스 **출판신고** · 2015년 5월 20일(제2015 − 000025호)
주소 · 서울 관악구 난향7길52
전화 · 02−592−8969 / **팩스** · 02−6008−8970
이메일 · mongsilbooks@naver.com
네이버 포스트 · post.naver.com/mongsilbooks_kr
인스타그램 · instagram.com/mongsilbooks

ISBN 979 11 89178 67 3(03810)